DREAMBOOKS

용을 삼킨 검

검

10

사도연 신무협 장편소설

ORIENTAL FANTASY STORY & ADVENTURE

dream
books
드림북스

용을 삼킨 검 10 황룡(黃龍)

초판 1쇄 인쇄 / 2015년 11월 4일
초판 1쇄 발행 / 2015년 11월 16일

지은이 / 사도연

발행인 / 오영배
책임편집 / 편집부
펴낸 곳 / (주)삼양출판사 · 드림북스

주소 / 서울시 강북구 도봉로 173
대표 전화 / 02-980-2112 팩스 / 02-983-0660
편집부 전화 / 02-980-2116 팩스 / 02-983-8201
블로그 / blog.naver.com/dreambookss

등록번호 / 제9-00046호
등록일자 / 1999년 3월 11일

© 사도연, 2015

값 8,000원

ISBN 979-11-313-0257-6 (04810) / 979-11-313-0111-1 (세트)

* 지은이와 협의하에 인지는 생략합니다.
* 잘못된 책은 구입한 곳에서 바꾸어 드립니다.

* 이 도서의 국립중앙도서관 출판시도서목록(CIP)은 서지정보유통지원시스템홈페이지(http://seoji.nl.go.kr)와
  국가자료공동목록시스템(http://www.nl.go.kr/kolisnet)에서 이용하실 수 있습니다. (CIP제어번호: 2015029426)

사도연 신무협 장편소설

ORIENTAL FANTASY STORY & ADVENTURE

10

황룡(黃龍)

★
dream
books
드림북스

목차

第一章

대영반 진성황

쐐애애애액!

천마는 그야말로 시위를 떠난 화살 같았다.

오른손을 갈고리 모양처럼 구부리더니 앞으로 쭉 내뻗는다.
손끝에 거무스름하게 맺힌 기운이 공간을 길게 쭉 찢었다.

콰콰콰!

땅거죽을 뒤집으면서 솟구치는 기둥이 모두 다섯 개.

무성은 검결지를 짚으며 횡대로 그었다.

새하얀 백광이 번쩍이면서 다섯 개의 기둥이 모두 터져 나간
다.

하얀 빛무리와 까만 어둠이 충돌하면서 사방으로 불똥 같은

것이 튀었다.

하지만 그것은 단순한 불똥이 아니다.

닿는 즉시 모든 것이 녹아버리는 강기(罡氣)의 정화.

아니, 이것은 강기의 정도가 아니다.

그야말로 천지가 개벽한 이후로 혼돈에서 처음으로 생성된 아주 순수하기 짝이 없는 기운이다. 무성은 빛을, 천마는 어둠을 담았다.

영혼이라고 해도 될 정도로 짙은 힘이다.

어떻게든 상대를 찢으려 한다.

아니, 그 정도가 아니다.

아예 없애려 한다.

두 기운은 절대 양립할 수 없다.

빛과 어둠.

낮과 밤.

해와 달.

두 개의 하늘이 존재할 수 없듯이 오늘 이 자리에서 반드시 한 사람은 사라져야만 했다.

그런 뜻에서 천마는 아주 아슬아슬했다.

그는 삼십여 년의 기나긴 잠에서 깨어났다. 심혈을 기울였던 천마혼은 부서졌고, 바라던 육체는 얻지 못했다. 어울리지 않는 옷을 입고 있다.

몸을 움직일 때마다, 기운을 유동할 때마다, 영혼과 육체 간의 괴리는 더욱 심각해진다.

그나마 둘 사이를 유지해 주었던 것이 육체의 원주인인 백상의 공력이었지만, 이제는 그마저도 메말라 버렸다.

백상이 쌓은 공(功) 따위가 제아무리 나락인수 내에서도 손꼽힌다고 한들 어찌 천 년의 세월을 거스른 천마에 비견할 수 있으랴.

그런데 설상가상으로 천마는 한쪽 팔로 금태연을 꼭 끌어안고 있다.

여러 가지로 불리한 조건일 수밖에 없다.

"천마시여……!"

금태연은 걱정스러운 얼굴로 천마를 보았다.

하지만 그를 부르는 소리는 폭음에 묻혀 금세 사라지고 말았다.

쿠르릉!

지반이 터져 나간다. 무성이 뿌린 격공장이 천마가 있던 자리를 두들긴 것이다. 천마는 아주 가볍게 옆으로 한 발자국을 옮기면서 피하는 데 성공했다.

그야말로 눈이 팽팽 돌아갈 정도로 빠른 싸움의 연속.

제아무리 뛰어난 고수라 한들 따라잡을 수 없을 만큼 엄청난 격전이 벌어지는데도 불구하고 금태연은 생채기 하나 나지 않았다.

아니, 생채기가 없는 정도가 아니다.

금태연은 마치 구름 위를 떠돌아다니는 것이 아닐까 싶을 정도로 부드러움 속에 있었다.

마치 혼자서 별세계에 와 있는 듯한 기분이다.

어떻게 이런 것이 가능한 것인지.

따스하고 넓은 천마의 품에 금태연의 마음속은 자리 잡은 걱정을 덜어 내면서도 한편으로는 죄송하기 만한 심정이었다.

그러나 천마는 웃었다.

"내 말하지 않았더냐. 너를 성녀로 인정하겠노라고."

천마는 목젖을 갈라 오던 무형검을 파리 내쫓듯이 손등으로 가볍게 튕겨 내면서 금태연의 눈을 마주했다.

"성녀는 마신의 뜻을 읽어 민중에 설파해야만 하는 아주 고귀한 직책. 자칫 마신이 가지신 의중을 잘못 읽기라도 하는 날에는 신도들을 잘못된 길로 인도하게 되며 그 끝은 재앙만이 기다리고 있을 뿐이다. 그만큼 그대의 어깨에는 막중한 책임감이 있다. 한데, 그런 성녀가 마신의 화신인 이 몸을 믿지 못해서야 어찌 마신의 뜻을 읽을 수 있겠는가?"

"아!"

"그대는 그저 믿기만 하면 된다. 성녀는 오롯한 마음으로 마신의 뜻을 전하고, 신도는 맑은 정신으로 그 뜻을 따르며, 교주는 그 뜻이 왜곡되지 않도록 지켜야만 하는 사명감을 가지고 있다. 그러니 걱정 마라. 나는 그대를 지킬 것이다. 그대는 마신의 충실한 종이며 나의 유일한 자식이니."

"알겠습니다!"

금태연은 마음 한편에 조금씩 자리 잡았던 마지막 걱정이 눈 녹듯 싹 사라지는 것을 느꼈다.

그래, 바로 이것이다.

지난 세월 동안 천마신교가, 대라종이, 야별성이 치욕을 감내하면서 바랐던 것이!

"하지만 이대로는 계속 지루한 싸움이 벌어지기만 할 뿐 뭐하나 해결되는 것은 없겠구나. 주변에 다른 승냥이 같은 놈들도 있는 것 같고."

천마는 슬쩍 뒤쪽으로 시선을 던졌다.

금태연은 천마가 주변에 있는 동창과 금의위를 말하는 것인가 싶었다.

하지만 곧 생각이 바뀌었다.

'정말 뭔가가 있는 거야. 천마께서도 경계를 할 만큼의 뭔가가…… 무신이나 혈봉 말고도 그런 존재가 있다고?'

그러면서도 한편으로는 이해가 되었다.

상대는 황실.

무엇을 숨겼다고 해도 절대 이상하지가 않다.

만약 그들이 보통 강호인들이 무시하는 것처럼 머릿수만 많고 고수는 별로 없는 가벼운 존재에 불과했다면, 진즉에 이 나라의 국성(國姓)은 주(朱)씨가 아니게 되었을 테니.

"보통 때라면 몸을 고치는 데만 족히 수년이 걸릴 것이나…… 이토록 좋은 것이 있을 줄이야. 발만 근처에서 퍼져나갔다는 그것인가?"

천마는 오른손으로 단전 부근을 쓰다듬더니 알 수 없는 말을 중얼거렸다. 그러다 무성을 슬쩍 보았다.

"때마침 좋은 본보기가 있군."

미소가 맺힌다.

눈치로 보건대, 백상이 익힌 무공을 말하는 듯했다.

'그러고 보니 나락인수가 단련한 무공이 혈붕의 것과 같다고……? 이법! 이법에 뭔가 있는 거야!'

금태연도 이법에 대해서는 어느 정도 알고 있다. 북궁검가가 멸문하면서까지도 어떻게든 다루고자 했던 신비의 힘이었으니. 그녀도 관심이 많았다.

하지만 이법은 천재인 그녀도 분석할 수 없을 정도로 신묘하기 짝이 없었다.

급기야 그녀도 손을 놓고 말았던 것인데.

천마는 거기에 대해서 뭔가를 아는 눈치였다.

입가에 어린 미소가 짙다.

"꽉 붙잡거라."

천마는 금태연에게 신신당부를 하더니 갑자기 숨을 크게 들이켰다.

"흡!"

가슴팍이 단단해진다 싶더니 갑자기 사방을 둘러싼 공기가 변했다.

무겁고, 눅눅하게.

그러나 금태연에게는 그 어떤 것보다도 상쾌하고 맑은 기운이었다.

고오오오!

대지가 들썩인다. 아니, 들썩이는 것 같은 착각이 인다. 부르르 잘게 떨리더니 거무스름한 기운이 아지랑이처럼 곳곳에서 일어났다.

"무, 뭐야, 이건?"

"으아아아! 요, 요술이다! 놈들이 사술을 부린다!"

병사와 고수 가리지 않고 크게 놀란다.

땅에서 스멀스멀 일어나는 그것은 손바닥 같았다. 칠흑빛으로 빛나는 손. 무한하게 늘어나는 길이의 팔을 가진 손.

금태연은 그것이 지저 세계에 깊게 가라앉아 있다가 천마의 의지에 따라 일어난 망자(亡者)들의 원념(怨念)이라는 것을 깨달았다.

그것도 단순한 원념이 아니다.

천마를 배알하지 못하고, 야별성의 영광을 이루지 못하고 스러져야만 했던 야별성 마인들의 원념!

—천마를…… 천마를 뵙습니다!

—아아! 우리의 주인이시여!

—당신만이 우리의 주인!

—우리를! 우리를 당신에게로 인도해 주소서!

—마신이시여! 우리에게도 은총과 영광을!

주르륵.

금태연의 눈가를 따라 눈물이 흘러내렸다.

이승을 떠나고서도, 죽어서까지도, 구천을 떠돌면서까지 이토록 대단한 신념이라니.

그들의 짙은 한이 가슴을 무겁게 만들었다.

"내게로 오너라, 아이들아."

천마는 자신을 영접하고자 하는 영혼들에게 자신을 허락했다.

마음을 열고, 영혼을 열고, 단전을 열었다.

쏴아아아!

그 수많은 기운들이 기다란 포물선을 그리면서 천마에게로 쏠려 들었다.

'천마혼? 아냐. 비슷하면서도 달라!'

무성은 천마가 갑작스레 행한 술법이 어떤 것인지 알 도리가 없었다.

분명 천마혼과는 비슷하다.

수많은 영혼을 담아 그릇을 넓히고자 하니까.

하지만 또 다르다.

천마혼은 닥치는 대로 손에 닿는 모든 영혼을 삼키고자 했다. 그야말로 포식자. 포만감을 모르는 허기에 굶주린 짐승 같았다.

그러나 지금의 천마는 분별해서 받아들인다.

남들이 봐서는 꺼림칙하기 만한 순수한 마기만을 받아들인다.

그 모습이 성스러워 보이기까지 한다.

그리고 또 하나.

녀석의 체내에서 모종의 변화가 벌어졌다.

백안을 연 뒤로 무성은 의도하지 않아도 상대의 체내를 훔쳐보는 것이 가능했다. 혈도, 경락, 기맥의 움직임이 하나도 빠짐없이 모두 보였다. 덕분에 원한다면 상대가 익힌 심법을 고스란히 훔치는 것도 가능했다.

그런데 천마가 달라졌다.

혈도가 단숨에 개통된다. 단전이 넓어진다. 경락이 찢어지고 다시 복구되면서 더 튼튼해지고 굵직해진다. 기맥 곳곳에 무언가가 맺힌다.

마치 질 좋은 토양에 뿌리를 깊게 박고 열매를 주렁주렁 매다는 나무처럼.

그것은 마치 무성이 오랜 시행착오 끝에 겨우 다다를 수 있었던 영목(靈木)과 상당히 비슷했다.

하단전을 토양으로 삼고, 중단전을 줄기로 삼으며, 상단전에 화려한 꽃을 피운다. 삼단전이 하나로 일통되면서 곳곳으로 빠져나간 가지는 기맥에 연결되어 체내가 단 하나의 의지 아래에 놓이게 되는 것이다.

그리고 열매는 무성이 이 과정에서 알게 된 천축의 '차크라'와 상당히 닮았다. 무성은 대륜이라 이름을 붙였던 힘이다.

팔만팔천 개의 대륜이 맹렬하게 회전을 하면서 영목의 성장에 더욱 박차를 가하게 했다.

다른 점이 있다면 무성이 금구환과 마령주를 이용해 경지를 개척했다면, 천마는 생전 자신을 따르던 망자들의 원념을 끌어왔다는 것이 다를 뿐이다.

결국 두 사람이 걷는 길은 너무나 똑같은 것이다.

그제야 무성은 깨달았다.

'나를 모방했어!'

등골을 따라 소름이 돋았다.

천마의 미소가 짙어진다.

"설마하니 결을 보는 재주를 너만 가졌으리라 여긴 것은 아니겠지?"

"……!"

천마나 되는 작자가 이법까지 손에 넣는다?

그때는 돌이킬 수 없는 재앙이 닥칠 거란 생각밖에 들지 않는다.

손가락 끝에 맺힌 가루라염이 어느 때보다 거칠게 타올랐다.

무성은 단숨에 녀석과 주변을 둘러싼 마기를 모조리 태워 버리고자 했지만, 천마가 혼명을 훔쳐보고 그 결과에 닿는 데까지 걸린 시간은 그야말로 찰나(刹那)에 불과했다.

거기다 더해 가루라염이 천마의 미간을 찔러 오는 데까지 걸린 시간은 다시 수유(須臾).

그것만으로도 충분했다.

천마가 혼명을 낱낱이 분해하고, 체득하고, 거기다 더해 자신이 여태 쌓아 올린 심득을 모두 녹이는 데까지 필요한 시간은.

덕분에 천마는 살아생전 자신에게 '하늘의 마'라는 별호를 붙이게 해 주었던 마공을 십이성으로 펼치는 데 성공했다.

아수라파천무(阿修羅破天舞)!

콰르르르—릉!

새하얀 가루라염과 새카만 아수라파천무가 처음으로 충돌했다.

가루라염이 산산이 부서진다. 모든 것을 태워 버릴 것 같던 불꽃은 구멍이 숭숭 뚫리다가 어둠 속에 그대로 잡아먹혔다.

그 순간, 천마가 다시 내뻗은 왼손이 가루라염을 완전히 찢어발기며 무성의 가슴팍을 후려쳤다.

쾅!

"쿨럭!"

무성은 저도 모르게 피 화살을 토했다.

가슴팍이 으스러지면서 상당한 내력이 체내로 스며든다. 다행히 단숨에 신기가 올라오면서 상처를 복구했지만, 후유증은 진하게 남았다.

'과연 천마라는 건가?'

상대는 한때 신화경에까지 오른 입지적인 인물이다.

반면에 자신은 이제야 겨우 입신에 발을 걸친 초짜가 아니던가.

이렇게 맞대응할 수 있는 것만으로도 대단한 것이다.

한편으론 그런 생각도 들었다.

'분명해. 혼명에 대해서 알고 있어. 내 것을 훔쳐 보면서 각성을 이뤘지만…… 지금 분명 그것을 한 단계 이상 위로 끌어올렸어.'

무성의 눈이 반짝거린다.

혼명의 완성을 이뤘으니 이제 자신만의 길을 걸어야 한다는 사실은 진즉에 예측은 하고 있었지만, 단순한 예측과 일례를 보는 것은 큰 차이가 있다.

아수라파천무. 그것은 분명 혼명에 천마의 심득이 더해진 한 차원 이상의 마공이었다.

'길이 있다. 내가 갈 길이!'

무성은 백안을 크게 열어 천마를 집중했다.

녀석의 심장 부근.

새카만 이질적인 무언가가 둥실둥실 맺혀 있다. 마치 영혼 같은 모습.

천마혼이 아닐까 싶지만 조금 다르다.

무성은 그것이 혼명의 새로운 단계이자, 천마의 정수(精髓)가 뭉친 단(丹)이 아닐까 하고 추측했다.

천마 역시 상태가 온전한 것은 아니었다.

앞으로 쭉 내뻗은 오른손이 피투성이가 되어 있었다. 상처로 난도질이 되어 뼈가 언뜻 드러날 정도다. 그 역시 마기가 올라와 상처를 회복시켰지만, 핏자국은 지워지지 않았다.

"재미있군. 수라파악(修羅破岳)을 깨뜨리다니. 과연 무신의 후예라 할 만한 실력이로다. 이 기술, 이름을 물어도 되겠나?"

"붕호환마(鵬呼煥魔)."

"붕의 숨결로 마를 태운다? 호오. 그럴듯한 이름이로구만."

아예 대 놓고 자신을 노린 이름이 아닌가.

천마는 참으로 재미있었다.

"마음 같아서는 끝을 보고 싶다만……."

천마는 말꼬리를 흘리며 주변을 슬쩍 둘러보았다.

그와 무성의 주변에는 백 장 이내에 아무도 존재하지 않았다. 모두가 널찍이 떨어져서 인간 같지 않은 싸움을 벌이는 두 사람을 멍하니 쳐다보기만 할 뿐.

이들이 내뿜는 짙은 의념이 천마에겐 똑똑히 보였다.

경악.

그리고 불신.

천자의 선택을 받았다는 자부심으로 살아온 자들이다. 강호무림 따윈 언제든지 짓밟을 수 있는 개미에 지나지 않는다며 업신여기고 경멸해 오며 살아온 이들이다.

그런 이들에게 무성과 천마의 대결은 천외천이다.

절대 넘볼 수 없는 하늘을 엿본 자들의 좌절감은 이루 말로 표현할 수가 없다.

하지만 천마는 도저히 이들에게서 찾고자 하는 바를 찾을 수가 없었다.

공포.

천마는 마신의 화신이다. 마의 종주다. 당연히 공포와 멸겁을 관장해야만 한다. 만인을 굴종케 해야 한다.

그런데 이들은 경악스러운 시선으로 두 사람을 바라보기만 할 뿐, 전혀 흔들리지 않는다. 겁에 질리지 않는다.

도리어 더욱 잔뜩 날을 세운다.

믿는 게 있다는 뜻이다.

무성과 천마를 어떻게 할 수 있는 존재.

바로 그때였다.

쿵!

천마의 심장이 덜컥 내려앉았다.

'뭐지?'

자신감 가득했던 천마의 눈동자에 혼란이 어린다. 그는 재빨리 주변을 둘러보았다. 눈이 활짝 열리면서 세상에 산재한 수많은 결들이 시야 안으로 들어왔다.

일만에 달하는 군세 저 너머.

가만히 웅크리고 앉아 기회를 엿보는 존재가 있다. 먹잇감들이 서로 싸우기에 바빠 힘이 빠지기만을 기다린다. 녀석이 대기한 지 꽤 시간도 지났다.

'……강하다. 지금의 나로서는 가망이 없어.'

본래의 힘을 갖고 있어도, 천마혼을 완전히 깨우쳤어도 상대하는 게 가능할까 싶을 정도로 대단한 존재다.

하물며 아직 육체가 완전하지 않은 지금에야.

녀석은 천마를 노리고 있었다. 분명 무성과 자신, 두 사람의 공멸을 끌어내어 일망타진을 이끌어 낼 속셈이라고 생각했건만.

어찌 되었건 간에 지금 부딪친다면 필패.

하물며 무성과 싸울 시간 따윈 없다.

'피해야 한다.'

천마의 눈빛이 깊게 가라앉는다.

"천마……시여?"

품에 꼭 안겨 있던 금태연이 갑자기 변한 천마의 변화를 깨닫고 조심스레 부른다.

천마는 대답 없이 묵직한 어조로 말했다.

"꽉 잡아라."

"무슨…… 꺄악!"

천마는 금태연의 허리춤을 잡고 있는 팔에 강한 힘을 주고 세게 박찼다.

쉬이아─익!

어기충소의 수법으로 단숨에 육 장 가까이 치솟는다. 녀석이 달아날 거라고는 생각 못 한 무성이 뒤늦게 가루라염을 뻗었지만 한 박자 늦고 말았다.

하지만 천마라는 사냥감을 노리는 사냥꾼은 그 한 명만이 아니었으니.

파밧!

갑자기 허공을 찢는 섬전이 있었다.

천마가 손을 웅크렸다가 활짝 펼친다. 마기가 허공에다 엄청난 크기의 막을 형성했다.

콰콰쾅!

그야말로 칠흑빛 마기가 두껍게 응축된 힘.

하지만 황금빛을 발하는 섬전은 단숨에 막을 찢어 버리고 천마의 하체를 쓸었다.

천마는 허공에서 크게 몸을 틀어 재주를 넘었다. 아슬아슬하게 발아래로 황금빛 섬전이 스쳐 지나간다.

자세를 가까스로 잡았을 때, 이번에는 그보다 더 높은 하늘에서 머리맡으로 황금빛 섬전 세 개가 떨어졌다.

쿠릉! 쿠르릉!

천신이 노하기라도 한 것일까?

뇌전이 소나기처럼 쏟아진다.

천마가 허공에다 손을 뿌릴 때마다 뇌전이 옆으로 씻겨 나가지만, 그다음에는 배나 되는 뇌전이 내리꽂혔다.

한 개를 치우면 두 개가, 두 개를 치우면 네 개가. 그다음에는 여덟 개, 또 다음에는 열여섯 개씩……

천마의 손은 쉴 새가 없었다.

얼굴은 어느새 살짝 굳었다.

뺨을 따라 식은땀이 흐르기까지 한다. 그가 깨어난 후 처음으로 보이는 난감해하는 기색이었다.

그사이 벼락 무리 사이로 아주 은밀하게 검 한 자루가 튀어나와 복부를 찔러왔다.

쐐애애애애—액!

'이런!'

천마는 이를 악물었다.

피하기는 이미 늦었다. 하지만 오른손은 벼락을 물리치는 와중. 튕겨 내려면 왼손을 사용해야 하는데 그랬다가는 금태연이 다칠 수 있다.

하지만 고민은 잠시뿐.

육체는 언제든지 새로 갈아타면 그만이지만, 소중한 신도에게 목숨은 단 한 번밖에 없지 않던가!

당수(當手)로 검을 내려치기 위해 오른손을 내리려는 찰나, 갑자기 몸쪽에 바짝 붙어 있던 금태연이 허리춤을 감싸던 천마의 손길을 풀고 앞으로 튀어나왔다.

"무슨……!"

"교주의 본분이 신도를 보호하는 것이라면, 성녀의 사명은 이 땅 위에 마신을 현현시키는 것입니다. 부디 천 년의 대업을 이뤄 주소서."

"아, 안 돼……!"

금태연이 멀어진다. 공력이 없는 그녀는 허공 위에 일 초도 서 있지 못하고 추락한다. 검이 쏘아지는 방향으로.

"사랑했습니다, 천마시여."

"안 돼애애애애애애앳!"

천마가 뒤늦게 손을 뻗어 금태연을 잡으려 했지만, 그녀의 옷자락은 아슬아슬하게 손끝을 지났다.

그리고,

퍽!

옷을 찢고 검 끝이 튀어나온다.

금태연은 눈물 가득한 얼굴로 천마를 바라보다가 이내 축 고개를 떨어뜨렸다.

"으아아아아아아악!"

천마는 비명을 질렀다.

눈을 뜬 이후 유일하게 남은 신도다.

자신이 알고 있던 이들, 믿고 있던 이들, 사랑하던 이들은 자신을 위해 희생되었다. 그런데 이제 유일하게 정을 내어 줄 수 있는 아이도 자신을 위해 희생한다.

대저 마신이 무엇이기에. 믿음이 무엇이기에. 천마가 무엇이기에!

천마가 윤회의 법칙을 거스르면서까지 이 땅 위에 다시 강림

하려 했던 것은 딱 한 가지 이유밖에 없다.

정토(淨土).

언제나 세상으로부터 억압과 멸시만을 받으며 살아가는 신도들을 위한 이상향을 열어 주기 위해서다. 이 땅 위에 진실된 미륵이 없으니, 스스로가 구세주가 되어 그들을 올바른 길로 인도해 주고 싶었다.

하지만 대체 언제부터였던가?

그런 초기의 신의는 사라져 없고 영원과 불멸이라는 탐욕만이 남아 버린 것은.

쿠쿠쿠!

검은 금태연의 희생으로도 끝나지 않았다. 피를 잔뜩 머금자 도리어 더 잔혹한 이빨을 드러내며 황금빛 뇌전이 되었다.

천마는 주먹을 세게 움켜쥐었다. 강대한 힘의 소용돌이가 주먹 끝으로 쫙 몰려들었다.

그리고 터뜨린다.

콰르르르—릉!

하지만 검은 이번에도 기파를 가볍게 부숴 버리고 말았다.

천마의 몸이 힘없이 포물선을 그리며 추락한다. 오른쪽 소매는 넝마가 되어 피투성이가 되어 있었다. 원래 있어야 할 팔이 보이지 않았다.

검은 잘게 부스러져 자루만 남은 채로 아래로 떨어졌다.

착!

그 아래 한 중년인이 서 있었다. 그는 검 자루를 가볍게 낚아채면서 중얼거렸다.

"황상께서 하사하신 보검 한 자루에 한낱 무뢰배의 한쪽 팔이라? 손해가 이만저만이 아니군."

비록 보검이었다고는 하나, 강호를 위협할 정도로 뛰어난 고수의 팔을 훔쳤다. 엄청난 공훈이라고 해도 되건만 이 사람에게는 검이 더욱 소중한 듯하다.

실제로 그것은 상대를 격앙시키기 위해 내뱉은 말이 아니었다.

진심이었다.

보통 사람들이라면 허세라며 손가락질을 해 댈 테지만 그를 아는 사람들은 잘 안다.

아주 당연한 결과라고.

처처척!

"대영반을 뵙습니다!"

"대영반을 뵈옵니다!"

금의위는 자신들을 이끄는 수장에게 충성과 영광에 찬 인사를 올리고, 내행창은 자신들을 위험에서 목숨을 구제해 준 은인에 대한 감사의 뜻을 표했다. 그리고 일반 병사들은 존경을 바쳤다.

대영반 진성황(陳城隍).

겉으로 사십 대로 보이는 그는 사실 올해 아흔이 넘어가는 노장(老將) 중에서도 최고 노장이었다.

그러면서도 한평생 새외만 전전하며 수많은 유목민들을 격파해 온 까닭에 세상에 이름은 그리 널리 알려지진 않았다.

황제로부터 직접적으로 신임을 사서 황궁에 들어온 것도 불과 십 년에 불과하다.

그런데도 진성황은 궐내에서 많은 것을 이뤘다.

금의위와 동창 등을 책임지고 훈련시킨 덕분에 전체적으로 무력을 향상시켰을 뿐만 아니라, 모략에도 재능이 있어 강호무림을 상대로 한 가지 계획을 획책했다.

덕분에 이렇게 오늘 천마라는 대어를 직접 낚을 수 있게 되었으니.

"흥흥흥흥! 이게 누군가요? 대영반이 아닌가요? 역시나 본 태감은 그대가 구해 줄 것을 믿고 있었어요. 하긴 그대가 아니면 어느 누가 저 간악무도한 강호의 무뢰배들을 퇴치할 수 있겠어요?"

병사들 사이에 숨어 겨우겨우 목숨을 보존하고 있던 자항이 버선발로 뛰쳐나와 진성황의 손을 잡고 흔들었다. 기름기가 줄줄 흐르는 얼굴은 푸짐한 미소를 지었다.

진성황은 자신의 손을 꼭 붙잡는 자항의 손을 경멸 어린 시선으로 내려다보다가 가볍게 목례만 취하고 이내 천마 쪽으로 다가갔다.

자항은 내심 분개했다.

오랜 세월 모략이 판치는 궐내에서 눈치 하나로 이 자리에 오른 그다.

자신보다도 끗발이 떨어지는 한낱 무부 따위의 속내를 모를 리 없었지만, 꾹 억눌렀다. 지금의 원한은 나중에 배로 갚으면 되는 것이다.

진성황은 검을 들어 천마 앞에 섰다.

천마는 오른쪽 팔이 잘려 나간 어깨를 꾹 누르며 잔뜩 이글대는 눈빛으로 그를 노려보았다.

슥!

진성황은 별다른 말없이 검을 높이 들었다.

"아, 아니 되오, 대영반! 그자는 황상께서 그토록 고대하시던 재료요 함부로 손을 대면……!"

진성황은 '황상'이란 단어에 아주 잠깐 눈빛이 흔들렸지만 가차 없이 검을 내리쳤다.

퍽!

검이 심장팍에 그대로 꽂힌다.

천마는 분개 가득한 얼굴로 진성황을 보며 부르르 몸을 떨다가 이내 축 늘어진다.

심장이 뚫렸다. 당연히 죽었다고 생각할 수밖에 없다.

자항은 바닥에 철퍼덕하고 주저앉아 '황상의 진노를 어찌 감당하시려고……!' 중얼거렸지만, 진성황은 개의치 않고 검을 뽑고는 가만히 천마를 지켜보았다.

그런데 분명 크게 구멍이 뚫렸던 가슴팍의 흉터가 아무는 것이 아닌가!

"확실하군. 영생주야."

천마불사공(天魔不死功).

천마는 절대 죽지 않는다고 하더니. 이것이야말로 황제가 그토록 찾아 헤매던 영생주의 비밀이다.

진성황은 옆에서 대기하고 있던 부영반 고겸추에게 명했다.

"치워라."

"존명!"

진성황은 아무렇게나 끌려가는 천마에게서 눈을 떼고 무성에게로 향했다.

순간, 착 가라앉았던 눈이 처음으로 부드러운 곡선을 그렸다.

"그동안 잘 지냈느냐?"

천마를 상대할 때는 전혀 생각할 수도 없는 부드러운 목소리였다.

第二章

포위

　무성은 인상이 딱딱하게 굳었다.

　천마를 너무나 가볍게 격파한 사람이다. 천마혼이 부서진 반쪽짜리에 불과했다지만, 너무나 압도적인 싸움이었다.

　풍기는 위세 또한 다르다.

　심연과 맞닿은 것 같다.

　처음 무신과 만났을 때, 천마와 맞닥뜨렸을 때와는 전혀 다른 기분이다. 무신이 높은 산이고 천마가 깊은 늪 같았다면, 이것은 끝을 모르고 빨려 들어가는 심연을 떠올리게 한다.

　대영반이라고 했다.

　자항과 마찬가지로 무신련의 생살여탈권을 오롯이 쥐고 있는 최후의 난적.

그런데…… 그런 자가 살심(殺心)을 보이지 않는다.

황권과 조정에 방해가 될 강호 무림을 쓸어 낼 야심을 가진 자로는 도저히 비치지 않는다.

도리어 자신을 바라보는 눈길은 애정에 가깝다.

더군다나, 이 이상한 기분.

상대가 나타나 천마를 베어 내기 시작할 때부터 이상하게 심장이 뜨겁다. 적을 만났다에 대한 호승심이 아니라, 애틋하면서도 아련한 어떤 것에 가깝다.

"날…… 아시오?"

"알다마다."

진성황이 싱긋 웃는다.

"너에게 혼명이 닿게끔 한 것이 나이거늘."

전혀 생뚱맞은 말에 무성의 눈이 커진다.

"뭐라……고요?"

"들은 그대로다. 네가 혼명을 익힐 수 있도록 조치를 취한 것이 바로 나다. 아니, 애초에 혼명이 세상에 퍼져 나갈 수 있도록 한 것도 나이긴 하지만."

"대체 무슨……!"

"내가 말해 줄 수 있는 것은 거기까지다. 더 자세히 알고 싶다면."

쿵!

진성황은 검을 땅에다 내려 꽂았다.

겉으로 보기엔 그저 시중에서도 쉽게 구할 수 있을 단순한 청강검으로밖에 보이지 않았지만, 지반이 움푹 파일 정도로 대단한 무게를 자랑했다.

"투항하려무나. 하면 모든 것을 설명해 주마. 내가 누구인지. 또 네가 누구인지. 너를 둘러싼 모든 진실들이 무엇인지까지."

미소가 짙어진다. 위엄이 한껏 강해진다.

여유다.

네가 무엇을 한들 이곳을 절대 빠져나갈 수 없을 거라는 여유 있는 태도.

무성은 백안으로 주변을 면밀히 살폈지만 확실히 빠져나갈 틈이 없었다. 대체 언제 군을 움직인 것인지 금의위와 동창을 가릴 것 없이 모든 병력들이 일정한 거대 진형을 갖추고 있었다.

검진이다.

다수가 소수를 제압할 때에 강호 문파에서 흔히 사용하는 포위 검진에 가깝다.

만약 무성이 탈출을 시도한다면 일만 명에 달하는 병사들이 일제히 거대한 미로를 갖추고서 무성을 한쪽으로 몰아넣으리라.

그리고 그 끝에는 진성황이 있겠지.

"투항한다면 제 사람들의 안위는 어찌 되는 것이오?"

"반란 혐의는 최소 사형이다. 하지만 그대를 봐서 단전을 뚫고 근맥을 하나씩 끊는 정도로 끝내도록 하지."

갑자기 자항이 반발한다.

"대영반! 대체 그게 무슨 소리요! 황상께서는……!"

진성황은 손을 뻗어 자항의 말문을 막았다.

"그만. 지금은 상대와 교섭 중이오. 태감께서는 방금 전까지 포로 신분이었으니 가담할 자격이 없으시오."

"이이!"

자항은 주먹을 불끈 쥐며 부르르 떤다. 그러면서도 한편으로는 이해할 수 없다는 표정으로 인상을 찡그리며 작게 중얼거렸다.

"저 앞뒤 꽉 막힌 벽창호가 갑자기 적과 거래라고? 그게 말이 된다고 생각한단 말이냐? 황상께서 필요한 천마의 목도 치고…… 대체 뭔 꿍꿍이를 숨기고 있는 게야?"

초조한지 손톱을 질근질근 깨문다.

자기 딴에는 혼잣말을 한답시고 중얼거렸겠지만, 백안을 열어 감각이 극대화된 무성에게는 너무나 잘 들렸다.

'벽창호? 그럼 나를 살리는 것이 계획에 없는 내용이란 뜻

인가?'

생각할수록 녀석의 정체를 추론키가 힘들다.

혼명이 닿게끔 조작했다는 것을 봐서는 여태 무신련과 야별성의 공멸을 이끌고자 했던 황궁 계획의 흑막(黑幕)이 분명하다.

그러면서도 자신과의 관계는 도저히 유추하기가 힘드니 답답하다.

하지만 의문은 잠시. 무성은 추론을 멈췄다.

진성황과의 관계가 어찌 되었건 간에 자신이 할 행동은 이미 정해져 있지 않은가.

"미안하지만 안 되겠소."

"어째서?"

"그것은 무인에게 죽음보다도 더한 형벌일 테니."

"역시 그런가? 하긴 너희 무뢰배들은 언제나 얼토당토않은 구실을 붙여 대길 잘하지. 목숨보다도 더 중요한 것이 있나 싶긴 하다만…… 어차피 기대도 하지 않았다."

진성황은 검첨을 무성에게로 겨누었다. 순간, 입가에 짓고 있던 미소는 언제 그랬냐는 듯이 가라앉고, 잠잠하던 기세가 폭풍처럼 휘몰아치기 시작했다.

고오오오!

몸 주변을 따라 황금빛 서리가 폭풍처럼 휘몰아친다.

특히 심장 부근에 어린 무언가가 꿈틀거리고 있었다.

천마가 가졌던 단(丹)과 비슷하다. 다른 점이 있다면 천마의 단은 칠흑빛이었지만, 진성황의 단은 샛노랗고 반짝반짝거렸다.

그를 둘러싼 기운이 단에서 풍기고 있다는 걸 알 수 있었다.

'날 죽일 생각이다!'

무성은 생각이 끝나자마자 곧장 땅을 세게 박찼다.

쾅!

천마는 도주를 시도하다가 결국 뇌전의 세례에 당하고 말았다.

그렇다면 방법은 단 하나.

'이쪽에서도 부딪친다!'

쐐애애애애—액!

무성은 화살이 되어 성황에게로 쇄도했다.

검결지를 쥔 손끝에는 가루라염이 다른 어느 때보다 화려하게 타오르는 중이었다.

"좋은 생각이다. 하지만 상대를 잘못 골랐군."

진성황은 싸늘한 말투와 함께 검을 사선으로 그었다.

쿠쿠쿠쿠!

땅거죽이 뒤집힌다. 엄청난 황금빛 물결이 해일이 되어 무성을 덮쳤다.

무성은 잠시간 달리던 걸 멈추고 검결지를 풀어 손바닥을 활짝 펼쳤다. 가루라염이 장심으로 모여들면서 엄청난 크기로 폭사했다.

가루라염이 작렬한 자리로 휑한 구멍이 뚫렸다.

그런데 그 너머로 진성황이 한 번에 그치지 않고 잇달아 해일을 일으키는 것이 아닌가.

한 번, 두 번…… 그렇게 수십 차례.

검풍이 일 때마다 큼지막한 크기의 해일이 일어난다. 땅거죽은 더 이상 남아나질 않아 황량한 돌바닥 위로 황금빛 물결이 줄을 이었다.

도저히 진성황에게로 닿을 길이 보이지 않을 정도로 곳곳이 황금산투성이다.

무성이 가루라염을 뿌려 댔지만 그때뿐이다.

마치 그의 노력을 무시하기라도 하듯이 더 큰 황금 물결이 계속 뒤를 이어 나타나니 혼이 쏙 빠질 정도였다.

무성은 도저히 진성황의 속내를 읽을 수가 없었다.

'어째서 뇌전을 사용하지 않는 거지?'

천마를 옭아매던 뇌전이라면 이미 무성을 궁지로 몰아넣었을 텐데.

하지만 그 의도가 무엇이 되었든 간에 진성황이 무엇을 하려는지는 금세 밝혀졌다.

콰콰콰콰—콰!

진성황이 다른 어느 때보다 더 맹렬하게 검을 휘둘렀다.

그러자 무지막지한 검풍과 함께 퍼진 황금빛 해일이 다른 어느 때보다 크게 일어났다. 마루까지 높이만 하더라도 삼 장을 훌쩍 넘긴다. 층도 두꺼워 부수기가 힘들 것 같았다.

하지만 충격은 거기서 그치지 않았다.

엄청난 크기를 자랑하는 해일은 빠르기도 엄청 빨랐다. 먼저 앞서 달리던 작은 해일들을 하나둘씩 삼킨다.

그런데 그때마다 해일도 무서운 속도로 크기를 더해 갔다.

사 장, 오 장, 육 장…… 끝내 칠 장까지.

이대로 세상을 집어삼키는 것이 아닐까 싶을 정도로 엄청난 높이었다.

무성 앞에 도착했을 때에 높이는 무려 구 장.

이미 진성황의 노림수를 알고 있던 뒤쪽 병사들은 멀찌감치 떨어진 지 오래였다.

이 횡한 장소에는 무성밖에 없었다.

무성은 어떻게든 이 무지막지한 해일을 도중에 부수고자 했지만, 도리어 해일은 가루라염을 삼킬 때마다 크기를 더 키워 나갔다.

머릿속이 빠르게 회전한다.

'파훼는 불가능해. 그럼 뒤로 빠져야 하나? 아니. 더 위험해.

그럼 정면으로? 당할 가능성이 커. 옆도 힘들어. 그렇다면 남은 곳은……'

무성은 위를 쳐다보았다.

저만치 하늘이 보인다.

구 장이나 되는 까마득한 높이를 어떻게 오를까 싶기도 하고, 어떻게 하면 될 듯도 싶었다.

뇌전이 걸렸지만, 그도 어쩔 수 없다.

무성은 다시 진각에 힘을 주어 어기충소의 수법으로 높이 뛰어올랐다. 그러면서 힘이 다했을 때에는 다시 용천혈에 기운을 응집시켰다가 터뜨리면서 추진력을 계속 더해 나간다.

남는 공력을 있는 힘껏 사용했다.

대부분 허공에 흩어지는 남용에 가까웠지만 지금은 그런 것을 신경 쓸 겨를이 없었다.

결국 단전 속의 공력이 거의 메말랐을 때쯤에 해일 마루의 위까지 다다르는 데 성공했다.

하지만,

『어찌 생각하는 것이 그리 단순한가?』

진성황의 차가운 말투가 귓가에 꽂힌다.

바로 그때, 갑자기 무성을 집어삼킬 것 같던 황금빛 물결이 아래로 움푹 꺼지더니 한데 뭉쳐 들면서 엄청난 크기의 와류를 만들어 내는 것이 아닌가!

"……!"

마치 용이 승천을 하려고 몸을 뒤틀 듯, 막대한 규모를 자랑하는 회오리바람은 무성을 말 그대로 쓸어버렸다.

회오리바람을 구성하는 바람 한 줄기 한 줄기는 강기로 이뤄진 힘. 와류 속에서 균형을 잡기도 힘들건만 쉴 새 없이 몰아치는 칼바람으로부터 몸을 지켜 내는 것도 아주 힘들었다.

가루라염이 단숨에 꺼지고, 영목이 말라 버린다.

단전이 완전히 텅텅 비고 난 후에도 회오리바람은 한참이나 무성을 난도질했다.

'이대론 안 돼!'

무성은 마지막 남은 가루라염을 응축해 격공장을 터뜨려 가까스로 회오리바람의 옆구리를 비집고 나왔다.

무성의 상태는 좋지 못했다. 이미 입고 있는 옷은 넝마가 되고, 잘게 찢긴 수백 개의 상처로 인해 몸은 피투성이가 된 상태였다.

더군다나 진성황의 공격에서 피했다고 한들 모든 게 끝난 게 아니었다.

밖에는 그를 기다리는 사람들이 있었다.

처처척!

어느덧 일만에 달하는 군세가 주변을 뺑 둘러싸고 있었다.

도합 오 열(五列)로 구성된 이들은 일렬은 방패를, 가장 많은 숫자를 자랑하는 이 열은 일제히 허공에 떠 있는 무성을 향해 화살을 겨누고 있었다.

그것도 그냥 화살이 아니다.

강전(鋼箭).

한 발 한 발이 치명적이라고 알려진 쇠 화살이 무성을 잡고자 한다.

그 뒤를 이어 삼 열은 쇠사슬이나 투망 같은 괴이한 병기를, 사 열은 창을 쥐고서 대기 중이었고, 가장 강해 보이는 오 열은 검을 쥔 채로 예비대로 남았다.

"호랑이를 가두려면 우리에다 몰아넣어야 하는 법이지."

진성황이 차갑게 웃으며 손을 아래로 내렸다.

"쏴라."

슈슈슈슈슈—슛!

엄청난 숫자의 화살 세례가 무성에게로 쏟아진다.

무성은 단전을 박박 긁어모은 공력으로 가루라염을 넓게 펼쳐 화살을 모조리 튕겨 내고자 했다.

하지만 불꽃의 막이 닿지 않는 범위도 존재하고, 무엇보다 쇠 화살에 실린 공력이 만만치 않았다.

진성황이 직접 교육을 시킨 것인 듯, 병사들은 하나같이 내공을 다룰 줄 아는 자들이었다. 그것도 혼명을 익힌 것이 분명했다.

물론 무성과 비교하자면 한 줌도 안 되는 것이지만, 가랑비에 옷이 젖는 줄 모른다고 일만에 달하는 군세가 쏘는 수십만 개의 화살에 실린 공력은 이미 무성을 월등히 상회하고도 남았다.

무엇보다 무성은 진성황의 노림수를 착각해 상당수의 공력을 소진하지 않았던가!

결국 몇십 발이 되는 쇠 화살이 막을 뚫고 들어오는 데 성공했다.

그중 대다수는 튕겨 냈지만, 사각지대를 교묘하게 파고든 화살은 어쩔 수 없었다.

퍽, 퍽, 결국 허벅지와 장딴지에 화살이 틀어박혔다.

쇠 화살의 위력은 셌다.

웬만한 충격에는 눈 하나 깜빡하지 않는다고 자부했지만 뼈가 울리니 눈썹이 파르르 떨렸다.

거기다 화살촉에다 독까지 발라 놨는지 몸이 무거워졌다. 신경계 독 혹은 산공독이나 신선폐 같은 공력을 흩뜨리는 종류의 독인 듯싶었다.

공력을 크게 한 바퀴 순회시켜 독을 모조리 태웠다.

하지만 이미 신경계에 스며든 독소는 정신을 어지럽게 만들어 버렸다.

결국 화살 세례가 끝날 때쯤에 맞춰 무성도 지상으로 힘없이 추락했다.

탁!

비틀대는 발걸음으로 착지를 하자, 이번에는 삼 열이 나섰다.

그들은 일제히 소지하고 있던 쇠사슬과 투망 따위를 무성의 머리 위로 높이 던졌다.

투망은 가느다란 철사를 촘촘하게 엮어 만든 것이었다.

검결지를 짚어 잘라 내려는데, 그보다 먼저 아래로 쇠사슬 대여섯 개가 날아들었다.

쇠사슬은 검결지와 부딪치지 않고 도중에 방향을 살짝 틀더니 무성의 오른 팔목을 감았다.

촤르륵!

다른 쇠사슬도 왼팔과 양 발목을 묶었다. 몇 개는 허리와 어깨를 묶는 등 착실하게 감겼다.

전신에 묵직한 무게가 더해진다.

무성은 어떻게든 털어 내고자 숨을 크게 들이켰다.

공력이 부족하다면 억지로 쥐어짜 내야 한다. 단전 밑바닥에 담겨 있는 힘을 끌어올리는 순간,

두근!

"쿨럭!"

갑자기 심장이 크게 뛰었다. 이대로 가슴 밖으로 튀어나오는

것이 아닐까 싶을 정도로 아주 크고 요란하게. 덕분에 입가를 따라 핏물이 주르륵 흘러내렸다.

"공력을 함부로 운기하지 않는 게 좋을 것이야. 방금 체내에 들어간 독은 천질독(千疾毒)이란 것으로 신경계에 침투해서 상대의 손발 감각을 마비시키는 데 특화되어 있으니까. 특히 혈관을 따라 심장으로 잘 몰려들어 내공에 아주 민감하게 반응한다. 황실에서 오랜 세월 동안 연구 끝에 만들어 낸 독이지."

'고수를 잡기 위해 만든 독……!'

이것으로 확실해졌다.

황실은 아주 오래전부터 강호 무림을 멸절시키기 위해 만반의 준비를 해 왔던 것이다.

거기다 이토록 일사불란한 병사들의 움직임은 단 한두 번의 연습으로 되는 것이 아니다. 수십수백 번을 반복하면서 몸에 완전히 배인 것이다.

쇠사슬을 사용하는 자들은 거기서 그치지 않고 다 같이 시계 방향으로 뛰기 시작했다.

한 겹, 두 겹, 세 겹. 한 겹씩 더해질수록 무성은 점차 누에고치가 되어 갔다.

그런데 이 쇠사슬 또한 만만치 않다.

피부에 닿으면 닿을수록 그나마 남아 있던 공력까지 몽땅 밖으로 흡수당한다.

"백혈철(魄血鐵)이란 것이 있다. 보통 수천수만 명 단위의 학살로 사람들이 죽어 나간 자리에 원통한 원념이 어리게 된 철이지. 살아 있는 이들의 생기를 빼앗는 게 특징이다. 특히 가장 큰 활력이 깃든 내공을 아주 좋아하지."

쿵!

무성은 결국 한쪽 무릎을 지면에다 꿇었다.

어떻게든 버텨 보려 했지만 무의미하다.

의식이 가물가물해진다.

하지만 무성은 억지로 감기려는 눈에다 어떻게든 힘을 가득 주었다.

그사이 투망이 무성을 덮으며 옴짝달싹하지 못하게 만들었다.

그야말로 완벽한 포박.

'이들을 무신련에 가게 해서는 안 돼.'

무성은 이를 악물었다.

이미 야별성에 의해 지칠 대로 지쳐 버린 무신련이다. 그런 이들이 황실의 토벌군까지 맞닥뜨리게 된다면 그때는 정말 진멸을 면치 못한다.

하지만 이렇게 몸이 묶인 상황에 뭘 할 수 있을까?

'길을, 길을 뚫어야 해. 어떻게든.'

무성이 이를 악물고 있을 때쯤 진성황이 천천히 무성에게

다가왔다.

저벅. 저벅.

그림자가 멈춘다.

무성은 억지로 고개를 들어 진성황을 보았다.

"생각은, 바뀌었나?"

"안 바뀔 것이오."

"그럼 그대와 그대의 동료들이 모두 죽을 텐데도?"

"……"

무성은 이를 악물었다.

"아무래도 상관없겠지. 나는 황상의 명대로 표본과 영생주
만 갖고 가면 되는 것이니."

'표본? 영생주?'

영생주가 천마를 가리키는 말이란 건 알겠다. 하지만 표본이
라니? 그건 자신을 가리키는 말일까?

"부영반."

"하명하시옵소서."

고겸추가 머리를 조아린다.

"지금 당장 전군을 동원해 무신련을 공략하라."

"존명! 전군, 나를 따르라!"

고겸추는 마치 그 말만 기다렸다는 듯이 기분 좋게 고개를
숙이고는 휘하 제장(諸將)들에게 명령을 내려 일만 대군을 이끌

기 시작했다.

착착, 대오를 갖춰 움직이는 이들 토벌군의 모습은 그야말로 백절불굴의 용사들이었다.

무성은 아랫입술을 질끈 깨물었다.

"그리 쉽게 열지는 못할 것이오."

무성은 믿었다.

이미 내란은 종식되었으니 조철산을 비롯한 홍운재 장로들이 무신련을 잘 지켜 줄 것이라고.

하지만 고겸추는 단호하게 고개를 내저었다.

"아니. 쉽게 뚫릴 것이다. 물론 무신련은 천혜의 요새 중 하나. 단순히 공성계만 벌인다고 쉽게 뚫릴 리 만무하지. 게다가 말이 되진 않아도 그대들 쪽의 고수들이 훨씬 질적으로 우수하고."

진성황은 과거 수많은 유목민들을 토벌하고 응징했을 때처럼 냉정하게 적의 전력을 평가했다.

"하지만 농성전에는 한계가 있을 수밖에 없다. 한 달이고 두 달이고, 필요하다면 몇 년을 투자해서라도 무신련을 지우라는 것이 황상의 뜻이시다. 그들도 인간이라면 바깥과 소통이 안 되는 상황에서, 물 샐 틈 없이 사위(四圍)를 포진하는데 어찌 당해 낼 수 있을까?"

"사위를…… 포진?"

무성은 언뜻 떠오르는 것이 있었다.

진성황은 무성의 반응을 충격으로 받아들였다.

"그렇다. 남쪽은 고 부영반이, 이미 동쪽은 구대문파가, 서쪽은 내가 끌고 온 군이, 그리고 북쪽은 그대가 그토록 믿고 기다리고 있을 기군이 있지."

*　　　*　　　*

허욱일(許旭日)은 고겸추와 같이 진성황을 바로 옆에서 호종하는 금의위의 부영반이다.

그는 표본과 영생주를 생포하러 직접 움직인 진성황을 대신해 일군(一軍)을 지휘하라는 명령을 받았다. 이미 북방의 숱한 싸움에서도 몇 번이고 해 본 터라, 그리 어려운 일은 아니었다.

하지만 그의 신경은 어느 때보다 곤두서 있었다.

'이제 곧 끝난다. 강호 무림은.'

주먹을 불끈 쥔다.

지난 삼십여 년간 고대했던 순간이 아닌가.

강호말살지계(江湖抹殺之計).

오랜 세월 물밑으로 수없이 작업해 왔던 결과가 드러난다. 주군과 자신이 그토록 기대했던 결과물이.

그것을 위해서는 마무리가 아주 중요했다.

"아시다시피 기존 주인이 죽고 새로운 주인이 생포되었다고 는 하나, 여전히 무신련은 절대 무시할 수 없소. 그러니 다른 어느 때보다 잘해야 할 것이오. 기왕부가 가장 전선에서 어찌 하느냐에 따라서 이번 승패의 향방이 결정되어질 테니."

허욱일은 바로 눈앞에 있는 상대를 보았다.

가녀린 체구. 과연 남자가 맞을까 싶을 정도다. 투구를 푹 눌러써서 성별을 읽기가 힘들었다.

"또한, 그래야 기왕 전하의 안위도 결정되지 않겠소?"

"걱정 마세요. 그쪽의 기대를 절대 저버리지 않을 테니."

미성(美聲)이다. 고개를 살짝 든 얼굴은 아주 아름다웠다.

기왕부의 무남독녀, 여호장군 벽해공주 주설현.

방금 전까지만 해도 황실에 인질로 잡힌 아버지의 안위와 무성에 대한 미안함으로 남몰래 눈물을 흘리던 그녀는 이제 단단한 눈빛을 가졌다.

*   *   *

"기왕군이 선봉을 맡을 것이다. 반역이란 음해를 씻어 내려 면 다른 어떤 사람들보다 더 큰 공을 세워야겠지."

"선봉장이 누구요?"

"여호장군. 여인의 몸이지만, 한때 단기필마로 적진을 누벼

기왕을 구했을 정도로 대단하다더군. 그 신위를 직접 목격할
수 있게 되었어."

"……그런가."

무성은 고개를 들었다. 눈빛이 담담하다.

"시작하는군. 여기서 지켜보아라. 무신련이 스러지는 순간
을."

저 멀리 진용을 갖춘 대군이 움직이기 시작한다.

진성황은 하늘에다 크게 사자후를 터뜨렸다.

전구우우우운—!
돌격하라아아아아—!

와아아아!

일만이 훌쩍 넘는 대군이 움직인다. 거기다 진성황이 데려온
토벌군에 기왕군까지 더해졌다. 초왕부가 쓰러졌을 때와 소름
끼치도록 똑같은 장면이었다.

그들 앞에서 무신련은 너무나 고독해 보였다. 금방이라도
쓰러질 것처럼 위태롭다.

무성은 가만히 상황을 지켜보다 물었다.

"한 가지만 물어도 되겠소?"

"뭐냐?"

"나를 살려 둔 이유가 무엇이오?"

"표본이라서다."

"표본?"

"그래. 과거 우리는 혼명의 정확성을 위해 강호에다 혼명을 풀었지. 특히 무신련에 들어갈 수 있도록. 그 자체만으로도 충분히 강호를 흔들기에 충분하다 여기기도 했다. 물론 이것을 역이용해 더 강해질 수 있으므로 뒷부분의 구결은 빼놓았지."

미완성된 혼명. 그것을 완성시키기 위해 무성이 얼마나 많은 노력을 했던가.

"하지만 너는 우리들이 예측한 정도를 넘어섰다. 유실된 뒷부분을 혼자의 힘으로 메우더니 스스로 각성을 이뤄 냈지. 그리고 그 결과와 반향은 아주 컸다. 강호가 네놈의 손에 흔들리지 않았더냐."

"……."

"그래서 알고 싶은 것이다. 너만이 갖고 있는 비밀. 또는 특징을. 그것을 알아낼 수만 있다면 현재 수련 중인 혼명군(混冥軍)이 완성을 이뤄 낼 수 있을 테지."

귀중한 재료란 뜻이다.

분명 여기까지 따진다면 앞뒤가 착착 들어맞는다.

진성황이 억지로 천마와 무성을 생포하려는 이유로.

하지만,

"아니, 그것만이 아닐 거요."

무성은 진성황이 내뱉는 말이 그저 남들을 위해 내세운 겉보기 명분일 뿐, 진실은 아니라 여겼다.

"뭐?"

진성황이 눈살을 찌푸린다.

무성은 그에게 눈길을 주지 않았다. 그저 무신련을 공략하는 토벌군을 지켜볼 뿐이다. 어느새 사다리가 성벽에 걸쳐지고 충차(衝車)가 성문을 향해 달려간다.

말 그대로 전쟁이 벌어지고 있었다.

"혹 나와 당신, 둘 사이에 남들이 모르는 비밀이 있는 것은 아니오?"

"무슨 말을 하고 싶은 게냐?"

진성황이 짜증 섞인 어투로 묻는다.

하지만 무성은 놓치지 않았다. 그의 가슴팍에 맺힌 단이 아주 잠깐이지만 흔들린 것을.

"어쩌면 동정호에서부터 지금까지. 줄곧 당신의 눈이 내게 닿아 있던 것은 아닐까 하는 생각을 했소."

"무슨 말인지 모르겠군."

"물론 나의 착각일지도 있지. 하지만 당신은 내게 몇 가지 실수를 했소."

무성은 고개를 들어 진성황의 눈을 마주쳤다.

"무슨 실수를 했다는 게냐?"

"첫째, 나를 보았을 때에 아주 잠깐이지만 뜻을 알 수 없는 눈빛을 보냈소. 이따금 누이가 나를 보았을 때와 비슷한 것이었지. 거기다 지금 기억이 났소. 현 조정의 대영반, 진성황. 우연인지는 몰라도 나와 성이 같구려."

"뭔……!"

"둘째, 당신은 나를 천마처럼 막 다루지 않았소. 천마야 비상식적인 치유로 그럴 수 있다 치지만, 나는 언제 저항할지 모르니 사지 중 몇 개를 잘라도 될 것인데 말이오. 숱하게 전장을 누비고 다닌 당신이 적에게 이런 아량을 보인다는 것이 솔직히 이해가 되지 않소."

"……."

"그리고 셋째."

무성의 눈이 차갑게 가라앉았다.

"나를 포위하는 데 최소한의 병력만 남겼다는 점. 이 모든 안일함이 당신과 황실의 삼십 년 계획을 모두 망치고 말았소."

"뭔……!"

진성황이 '뭔 헛소리를 하느냐!'라고 소리를 치려는 순간, 무성이 덧붙였다.

"그리고 천마가 얼마든지 몸을 갈아탈 수 있는 영체라는 점을 간과했다는 것까지."

"이런……!"

진성황이 다급히 검을 뽑으려는 찰나,

쾅!

무성의 귀화가 사방으로 광망을 뿌렸다. 그를 상징하는 백색이 아닌 천마를 상징하는 칠흑빛이었다.

마기가 사방으로 휘몰아쳤다.

『후후후후! 무신의 후예와 손을 잡게 될 줄은 꿈에도 생각하지 못했군.』

천마의 목소리가 뇌리를 울려 댄다.

무성은 머리가 지끈거렸지만, 살짝 눈살을 찌푸리는 정도로 두통을 참으며 완력에 힘을 실었다.

와장창창!

몸을 옥죄고 있던 쇠사슬이 단숨에 터져 나간다.

동시에 불어 닥친 마기의 폭풍이 진성황을 뒤로 밀려나게 했다.

진성황은 뒤늦게 검을 아래로 내리쳤다.

쿠르릉! 쿠릉!

검이 공간에 녹아들더니 마른하늘에서 벼락이 지상으로 작렬한다.

하지만 그 전에 무성은 천마가 가져다준 막대한 공력을 사지백해에다 고루 뿌렸다.

텅텅 비었던 단전이 반갑다며 공력을 단숨에 빨아들이고, 영목이 다시 건강해지면서 가루라염을 사방으로 뿌렸다.

쾅! 쾅! 쾅!

가루라염은 둥그스름한 호신강기가 되어 벼락을 모조리 튕겨 내는 데 성공했다.

물론 충격파는 아주 대단해서 호신강기가 금방이라도 깨질 것처럼 위태롭게 흔들거리고, 무성의 몸도 뒤로 연신 몇 번이고 튕겨 났다.

하지만 무성은 이를 악물고 공력을 크게 한 바퀴 돌리면서 힘을 한껏 더했다.

화르륵!

전신을 장작 삼아 타오르는 가루라염은 어느 때보다도 크고 화려했다. 다만, 이전과 달리 새하얀 백광이 아닌 새카만 칠흑빛이라는 점이 신비롭게 느껴졌다.

"어떻게……?"

진성황의 눈동자가 떨린다.

대체 어느새 천마가 깃들었냐는 질문이다.

"당신이 천마의 가슴에다 검을 꽂았을 때부터요. 공력까지 고스란히 가져오느라 힘들었지만."

무성은 가볍게 숨을 돌렸다. 활발한 공력 덕분에 몸을 무겁게 만들었던 피로가 단숨에 사라졌다.

"백혈철을 무시하고 그런 것이 가능하단 말이냐?"

"그게 당신의 다섯 번째 실수였소. 수하들의 무기를 너무 믿었던 것. 백혈철이 필요로 하는 공력이야 내 것을 주면 그만이오. 대신에 그 자리를 마기로 채웠으니."

"……그런가?"

"사실 언제 들킬지 몰라 얼마나 노심초사했었는지 모르오. 조금이라도 실수를 했다간 당신에게 들키고 말았을 테니까."

"내게 계속 말을 걸면서 신경을 분산시킨 게 그 때문이었나?"

"그렇소."

"당했군."

진성황은 이를 바득 갈았다.

하지만 분노는 잠시였을 뿐. 눈이 깊게 가라앉는다.

"그래. 좋은 생각이다. 아주 잠깐이라도 적의 적은 아군인 법이니. 대적(大敵)을 상대하는 데 있어 연합을 하는 것은 약자들의 공통된 특징이지."

무성과 천마는 아무런 대꾸도 하지 않았다.

"하지만 잔챙이가 잔챙이와 손을 잡는다 한들 결국 잔챙이일 뿐이다. 하물며 네가 이리 반격을 꾀한다고 한들 이미 무신련의 운명은 정해진 것이나 다름없지 않으냐. 그냥 투항하라. 네놈들이 아무리 발버둥 친다고 한들 달라질 것은 없다."

"아니. 달라지오."

"뭐?"

"이미 반격은 시작되고 있었으니까."

무성이 차갑게 웃는다.

진성황이 문득 불안감이 들어 고개를 무신련 쪽으로 돌렸다.

바로 그 순간, 하늘 위로 폭죽이 떠올랐다.

펑!

회색 폭죽이다.

금의위는 응급 시에 폭죽으로 의사를 전달한다.

그중 회색의 뜻은,

"적이…… 없다고?"

진성황의 눈이 부릅떠졌다.

*　　　*　　　*

"대체! 대체 이게 어떻게 된 일이란 말이냐!"

허욱일은 도무지 믿기지 않은 현실에 어이가 없을 지경이었다.

분명 기세 좋게 대군을 이끌고 성문을 뚫고 무신련 내로 진입했건만, 이곳에는 사람은커녕 쥐새끼 한 마리 찾아볼 수가 없었다.

"모두 흩어져 수색하라! 놈들이 어딘가에 숨어서 시가전을 벌이려 할지도 모른다!"

하지만 곧 수색에 나선 수하들이 황당해하는 표정으로 돌아왔다.

"아무도 없습니다!"

"발견할 수 없습니다!"

"격전을 치른 흔적과 시신만 몇 구씩 남았을 뿐, 아무도 없습니다."

"비밀 통로는? 암로는 있을 것 아니냐?"

"찾을 수 없습니다!"

"대체 이게 무슨 개소리야! 그럼 놈들이 하늘로 증발이라도 했단 말이냐? 다시 샅샅이 수색해 봐!"

하지만 역시나 돌아오는 대답은 전무(全無).

도무지 상황을 이해할 수가 없다.

녀석들이 성을 버리고 도망쳤다는 것은 알겠다. 그렇다면 대체 어디로? 아니, 그보다 어떻게 도망쳤단 말인가? 분명 성곽 주변은 아무도 빠져나갈 수 없도록 촘촘하게 에워쌌었는데?

"그나저나 벽해공주와 기군은 어디로 간 거지? 분명 먼저 들어갔으면 이 일을 보고해야……!"

바로 그때였다.

"어? 어어!"

"이, 이리로 오시면 아니 됩니다!"

갑자기 일백에 달하는 일련의 무리들이 이쪽으로 달려오더니 허욱일을 비롯한 제장들, 즉, 수뇌부를 일제히 포진하는 것이 아닌가!

허욱일이 대동했던 대다수의 병력들은 무신련의 끄나풀들을 찾는다고 련 곳곳으로 흩어진 상황이었다.

이들은 분명 기왕부의 병사들이다.

선봉장을 서라면서 앞서 보냈던 자들이 먼저 련내에 들어가 몸을 숨기고 있다가, 때에 맞춰서 곧장 튀어나와 수뇌부를 공격한 것이다.

너무나 어이없는 포위에 제장들의 얼굴이 샛노랗게 지샜다.

"이게 대체 무슨 짓이냐!"

허욱일이 분노에 찬 얼굴로 소리를 지른다.

하지만 무사들은 꼿꼿이 검을 겨누기만 할 뿐 아무런 말도 하지 않았다.

대답은 다른 사람이 대신했다.

"이제부터 당신들을 포로로 삼을까 해요."

무사들 사이로 주설현이 걸어 나왔다. 차갑게 가라앉은 두 눈은 북풍한설이 부는 게 아닐까 싶을 정도로 싸늘했다.

"벽해공주! 이런 일을 저지르고도 무사할 수 있을 성싶소?

이것은 반역이오! 이 일을 황상께서 아신다면 기왕 전하께서 몸이 편치 않으시게 될 거요!"

"저희 아바마마에 대한 걱정은 하지 않으셔도 될 거예요. 아니, 된다. 이미 아바마마는 빠져나오셨으니까."

"뭐?"

주설현은 어느새 황족으로서의 위엄을 갖췄다. 그녀가 하늘을 바라보며 소리친다.

"총관!"

"흐음, 이제는 꼬맹이 녀석 말고 공주님도 그렇게 막 불러 대시는 겁니까?"

껄렁껄렁한 말투가 귓가에서 들린다. 허욱일이 허리를 쭈뼛 세우는 순간, 갑자기 목젖으로 싸늘한 날을 자랑하는 단검이 드리워졌다.

"아차. 말하는 걸 깜빡했네. 함부로 움직이지 않는 게 좋을 거야. 잘못하면 목이 잘릴 수 있거든."

"……!"

식은땀이 흐른다. 떨리는 목소리로 묻는다.

"너, 너, 넌 대체 누, 누, 누구냐?"

"나? 들어 봤으려나 모르겠네. 간독이라고 해."

"도, 독안대망(獨眼大蟒)!"

무신련과 야별성의 대결을 지켜보면서 무성과 귀병가에 대한 조사도 철저히 해 두었다.

그중 무성과 맞먹는, 아니, 어쩌면 다른 의미로 그보다 더한 경계를 해야 하는 인물이 있었다.

간독.

귀병가의 총관이자, 강호의 음지를 틀어쥔 모략가.

"애꾸 이무기? 아무리 그래도 그렇지. 좋은 단어들 다 두고 뭘 그리 재수 없는 별명을 붙여? 이무기면 용이 되다 만 반푼이잖아? 날 그 정도로밖에 취급 안 하는 거야, 뭐야? 누구는 붕이니 봉황이니 잘만 치켜 주더만."

간독은 영 마땅치 않다는 듯이 혀를 찼다.

딱딱 소리가 날 때마다 허욱일은 손발이 부르르 떨렸다.

"어, 어떻게 여, 여길 온 거지……? 부, 분명……!"

"아, 정주를 들이쳤을 거라고? 그거야 당연히 눈속임이지."

"뭐?"

"이야. 황실 정보기관이라고 해서 조금 경계했는데 이거 지금 보니 영 허당이잖아? 이쪽도 명색이 정보를 업으로 삼는 조직이라고 내세우는데 설마 본단을 두겠어? 당연히 뺑이지. 내가 있는 곳이 본단이지, 딴 곳이 왜 필요해?"

"……!"

"그리고 기회 되면 그거 없는 내시 놈들한테 좀 전해 주라. 그래도 명색이 천하를 벌벌 떨게 만드는 동창이면 좀 조용히 움직이라고. 뭘 그렇게 주름을 잡고 다니는지. 네놈들이 뭘 하는지 딱 알겠더라."

딱, 딱, 허욱일은 입술이 부르르 떨렸다.

이 말인즉슨, 자신들이 무엇을 하고 있는지 간독 등이 처음부터 예상을 하고 있었단 뜻이다.

동창과 금의위의 행방이 이들의 손바닥 위에 있었다고 하는데 어찌 두렵지 않을 수 있을까.

물론 조금만 더 냉정하게 생각한다면 이것이 모두 거짓말이란 것을 쉽게 알아챌 수 있었다.

진즉에 처음부터 알고 있었다면 야별성의 대대적인 공습에 이토록 무신련이 허망하게 당하지는 않았을 테니.

사실 간독이 과감하게 본단을 버리는 선택을 내리고, 기왕부와의 접촉을 시도하면서 일을 풀어나가는 혜안을 보이면서 순조롭게 모두 풀린 것이지, 지금도 살얼음판을 걷는 기분이었다.

간독은 귀병가를 움직여 황실을 둘러싼 수상한 움직임을 빠르게 간파해 내고 그들의 목적을 읽었다.

그리고 재빠르게 움직여 기왕을 구출하면서 한편으론 토벌군이 야영을 치는 동안에 아주 조심스레 주설현과 만나 상황을 설명했다.

또한, 거기서 쉬지 않고 곧장 무신련으로 움직여 반격의 준비를 꾀했다.

토벌군이 무신련을 공격할 때에 아무런 저항도 하지 않고 성을 비워 두어 놈들이 스스로 호랑이 굴에 들어오게 하자는 계획.

무신련의 병력은 귀병가의 안내에 따라 몰래 북문으로 빠져나갔다. 당연히 북쪽에 대기하고 있던 기군이 그들에게 퇴로를 내주었다.

이때 주설현이 기군을 단숨에 움직여 수뇌부를 포위할 수 있다면 토벌군의 기능은 정지된다.

물론 모든 것이 순조롭게 풀린 것은 아니었다.

'무성 놈이 련을 나올 줄 예상 못 했으니.'

머릿속에 능구렁이를 몇 마리는 달고 다니는 놈이니 무슨 수를 낼 거란 예측은 했지만, 홀로 적의 진영에 침투하는 간 큰 짓을 할 줄은 몰랐다.

만약 이 과정에서 일이 틀어져 무성에게 변고라도 닥친다면 모든 계획이 부질없게 되어 버린다.

무성을 잃고 다른 것들을 구한다고 한들, 무엇이 남겠는가.

간독은 다른 모든 걸 버린다 하더라도 무성이 없으면 아무런 쓸모가 없다고 여겼다. 무성을 위해서 귀병가를 버릴 각오까지 하고 있었다.

'하지만 아주 멋지게 눈치채 줬단 말이지. 흐흐흐흐!'

이 모든 게 귀엽게만 여겨진다.

이따가 얼굴을 대면하면 볼이라도 마구 문질러 줄 참이었다.

물론 할 일이 아주 많은 자신을 이렇게 움직이게 만든 대가는 따로 챙겨야겠지.

주설현이 말했다.

"군 전체에 명령을 내리세요. 모두 무기를 버리고 즉각 투항하라고."

순간, 허욱일의 뇌리에서 무언가가 툭 하고 끊겼다.

"여호장구우우우우우운!"

그는 다짜고짜 주설현에게로 달려들었다. 자신과 주군의 계획을 망쳐 버린 자에 대한 분노였다.

하지만,

스걱!

그보다 먼저 간독의 비수가 허욱일의 목을 깔끔하게 도려냈다.

"쯧! 그러니까 움직이지 말라니까."

간독은 원통함이 가득한 허욱일의 머리통을 발로 뻥 차 버리면서 수뇌부에게 소리쳤다.

"저놈과 같은 꼴 되기 싫으면 어서 명령 내려!"

수뇌부는 이를 잔뜩 갈더니 이내 축 고개를 떨어뜨렸다.

第三章

전쟁의 끝

양의심법.

무성이 위불성으로부터 받은 무당의 심법.

의식을 두 개로 나누듯, 정신 또한 두 개로 나누었다. 하나는 진성황을 상대하고, 다른 하나는 천마를 받아들인다.

더불어 무성은 천마가 제대로 자리를 잡을 수 있도록 잠재의식으로 남겨 놓았던 무의식의 자리를 내주었다.

두근! 두근!

심장이 미칠 듯이 뛴다.

마기가 체내에서 회오리를 친다. 여기에 반발하듯이 어느덧 영목도 대자연에서 기운을 빨아들이며 사지백해로 뿌린다.

신기와 마기가 한데 뒤엉킨다.

절대 수용할 수 없는 상극의 기운들이지만, 이미 붕익신마기에 익숙한 무성에게는 더할 나위 없이 반갑기만 했다.

무성은 그 기운들을 섞어 시계 방향으로 비틀면서 심장 근처로 모으기 시작했다.

얼핏 훔쳐본 천마와 진성황의 단.

그것을 따라해 보려는 것이다.

콰드드득!

영목이 일부 부스러지고 뒤틀린다. 뼈를 깎는 것 같은 엄청난 고통이 몸을 찌르르 하고 울리지만 이를 악물고 버틴다.

바로 그 순간,

고오오!

무성의 정수리 위로 아지랑이처럼 떠올랐던 마기가 한데 뒤엉킨다. 그것은 마치 고통에 잠긴 악령처럼 일그러진 모습을 가지다가 이내 흉악한 흉신악살의 형상으로 변했다.

천마혼.

천마가 새로 만들어 낸 영혼의 그릇이 세상에 나타나 짐승처럼 포효를 내지른다.

크아아아앙!

대지가 떨린다. 하늘이 울린다.

『무신의 후예여! 잊지 마라! 아직 너와 나 사이에 존재하는 은원은 해결하지 못했다!』

"안다. 지금은 필요 때문에 잠시 손을 잡았을 뿐이야."

『나는 성녀의 복수를……!』

"나는 동료들의 구명(求命)을."

서로가 서로에게 약조를 끝낸다.

고오오오!

엄청난 마기의 폭풍이 좌중을 휩쓸고 지나간다.

그리고 그 뒤를 따라 여섯 줄기의 가루라염이 활짝 날개를
폈다.

"그렇군. 이미 서로 간에 연락이 되었었다는 건가. 다 잡았
다고 생각했더니 당해 버렸어."

진성황은 쓰게 웃었다.

"하지만 그것도 전부 자네를 중심으로 한 움직임일 뿐. 그
대를 잡고 나면 그만이 아니겠는가?"

천천히 검을 든다.

칼끝이 무성의 심장을 겨누는 순간, 보이지 않는 기운이 심
장을 부술 듯이 꽉 눌렀다.

무성이 흩뿌리는 붕익신마기와 비교해도 한 치 밀리지 않는
다. 아니, 도리어 이것마저 찢어발길 것만 같은 흉포함이 숨어
있다.

무성은 이를 악물었다.

'천마와 연수를 해도 모자라다는 건가?'

상대는 강하다.

자신 따윈 그 깊이를 예측도 할 수 없을 정도로.

신화경.

입신 너머에 존재한다는 경지.

도가에서는 등선(登仙), 불가에서는 해탈(解脫), 마도에서
는 탈마(脫魔)라 부른다는 경지가 틀림없다.

흔히 그런 존재는 속세에 더 이상 미련을 두지 않고 훌훌
날아 자유롭게 된다고 한다. 혹은 자연에 녹아들어 대우주에
일부러 환원한다고도 한다.

하지만 이 남자는 대체 무슨 미련이 있어 이 세상에 남아
있는 것이란 말인가?

"쉽게 지지는 않을 거요."

"벌레에 벌레 한 마리가 더해진다고 한들 결국 벌레에 지나
지 않는 법이지."

『후후후…… 이 천마를 한낱 벌레 따위로 취급한다는 말이
지?』

천마의 말투에선 짜증이 느껴졌다.

확실히 그가 언제 이런 취급을 받아 봤겠는가.

하지만 무성은 거기에 대꾸하지 않고 주변을 쓱 훑어보

앉다.

백안은 이전보다 훨씬 넓고 크게 본다.

이것도 천마가 빙의를 하면서 생긴 변화인지는 모르겠으나, 지금 힘이 하나라도 더 절실히 필요로 하는 무성으로서는 가뭄의 단비와도 같았다.

무언가를 확인한 무성은 진성황을 쏘아보았다.

"대황봉(大黃蜂, 말벌)의 침에 잘못 쏘이면 사람도 죽는 법이오. 특히나 대황봉의 벌집을 건드리면 곰도 피해 달아나는데 말이오."

"후후후! 벌집이라도 있다는 건가?"

"아무렴. 당신은 이미 벌집 한가운데에 있지."

"뭐?"

"그대로 돌려드리겠소."

무성은 숨을 한껏 빨아들이더니 하늘을 향해 크게 소리쳤다.

전구우우우운—!
돌격하라아아아아—!

진성황이 무성과 무신련을 잡기 위해 했던 것과 똑같은 외침!

와아아아!

저만치 북쪽에서 거대한 외침과 함께 일련의 무리들이 이쪽으로 치닫기 시작한다.

오랫동안 고생을 했는지 하나같이 추레한 몰골을 한 사람들이다. 하지만 그들이 내뿜는 위세는 어느 때보다 하늘을 찌르고 있었다.

그들의 머리 위로 나부끼는 거대한 깃발!

무(武)!

무신련의 진정한 등장에 진성황은 지끈거리는 머리를 쥐어 싸맸다.

"그런가. 무신련 내에 있던 주요 병력은 예비군으로 따로 빼돌려 적의 후미를 도로 기습한다…… 확실히 좋은 전략이야."

무성이 싸늘한 눈빛으로 묻는다.

"어찌시겠소? 끝까지 싸우시겠소? 아니면 물러나시겠소? 어느 쪽을 택하던 이제 황군의 전멸은 절대 돌리지 못하는 결과가 되고 마오."

"반역자가 되는 길인데도 말이더냐?"

"이미 된 것이 아니오?"

"확실히 그도 그렇지."

진성황은 쓰게 웃더니 검을 아래로 내렸다. 싸움을 더 이상하기 싫다는 무언의 표시다.

무성은 내색하지 않아도 속으로 안도에 찬 한숨을 내쉬었다.

이렇게 반전을 꾀했다지만 상대는 엄연히 무신련과 야별성의 공멸을 이끌어 낸 자다. 거기다 그가 마음만 먹는다면 홀로 무신련을 상대한다고 해도 절반 이상을 거덜 낼 정도의 실력은 되었다.

하지만 진성황은 무인이기 전에 장수.

용장(庸將)의 만용은 군의 패배를 끌어내는 법.

과거 어찌 만부부당의 항우가 한낱 한량 출신의 유방에게 패하고 말았던가.

지략이 따르지 않는 장수는 모든 것을 파멸로 이끈다.

"떠나기 전에 한 가지만 묻지."

"말씀하시오."

"내가 누군지 알 것 같으냐?"

"……."

무성은 말없이 고개를 끄덕였다.

진성황은 처음 무성을 만났을 때처럼 살짝 미소를 지어 보였다.

"하면 나를 따라가지 않을 테냐? 지금 너를 이렇게 만나는 순간 생각이 바뀌었다. 이만한 용기와 지략, 그리고 무위까지

고루 갖춘 너라면 나의 뒤를 잇기에 충분할 터. 때에 따라서는 황상께 말씀드려 무신련도 참작이 가능하다. 어떠하냐?"

"거절하겠소."

"일말의 망설임도 없구나."

스르릉!

진성황은 검을 검집 안으로 도로 밀어 넣으면서 잠시 하늘을 쳐다보았다.

"그래. 그런 것이겠지. 내가 무슨 자격이 있어 너에게 그런 말을 할 수 있을까……."

진성황은 말없이 몸을 반대로 돌리더니 하늘 위로 몸을 날렸다. 그는 곧 자그마한 점이 되어 사라지고 없었다.

『……이것이 최선이냐?』

머릿속에서 천마가 으르렁거린다.

그로서는 다 잡은 적을 놓친 것 같아 짜증이 가득할 수밖에 없을 것이다.

"말하지 않았나? 나는 동료들의 구명을 원한다고."

『나는! 나의 맹세는……!』

"들어줄 것이다. 어차피 저자가 있는 한 무신련의 운명은 바람 앞에 놓인 등불이나 다름없으니까."

『황실과 대척할 생각이로군?』

"그래야 우리가 사니까."

『하하하하하! 그것 아느냐? 우리도 아주 오래전부터 중원을 지배하던 왕조와 늘 척을 져 왔다. 천마신교일 때도, 대라종일 때도, 야별성일 때도! 하지만 전성기를 누볐을 때에도 그들의 발목조차 건드리지 못했지. 그 이유를 아느냐?』

"저런 사람들 때문이겠지?"

천마의 웃음이 뚝 그친다.

『그래. 중원의 황실을 수호하는 저들 그림자가 있는 이상 강호는 제아무리 강해진다고 한들 절대 황실을 극복할 수가 없다.』

천년의 세월을 뛰어넘은 천마까지도 이런 약한 말을 할 줄이야.

하지만 보다 확실한 것은 천마가 알만큼 진성황을 비롯한 정체불명의 집단은 역사가 아주 깊다는 것.

그리고 그들의 튼튼한 벽은 천마도 두렵게 한다.

"대체 저들이 누구기에?"

『황룡각(黃龍閣).』

천마가 짧게 대답한다.

『중원의 진짜 용들이지.』

*　　　*　　　*

획! 획!

진성황은 마치 전설에서나 거론될 것 같은 축지(縮地)를 연신 선보이더니, 어느새 무신련 한가운데에 위치한 전각의 지붕 용마루에 착지했다.

탁!

아주 가벼운 착지에 불과하건만.

모든 이들의 시선이 서로 약속이라도 했듯이 저절로 그쪽으로 향한다.

그만큼 진성황이 뿌리는 존재감은 대단했다.

"대영반께서 오셨다!"

"우리는 살았어!"

절망이 가득했던 토벌군 사이로 환희에 찬 목소리가 퍼진다. 꺾였던 사기가 다시 하늘을 찌르기 시작했다.

정작 이렇게 되자 당황한 쪽은 기군이었다.

'대영반······!'

주설현은 아랫입술을 질끈 깨물었다.

기실 황족들 사이에는 아주 오래전부터 그런 전설이 있었다.

황제가 사는 자금성 뒤뜰에는 호풍환우를 부릴 줄 아는 거대한 황룡이 잠들어 있으니, 천하가 위험에 잠길 때에 황룡이 깨어나 세상을 뒤흔든다는 전설.

어렸을 때부터 유달리 무술에 대해 관심이 많았던 그녀로서는 아버지 기왕에게 몇 번이고 황룡에 대해서 묻곤 했다.

그때마다 기왕은 이렇게 대답했다.

있기도 하고, 없기도 한 것이라고.

용은 신성한 동물이라 천자(天子)만이 다스릴 수 있으니, 천자의 의중이 있다면 용은 세상을 다스리고 의중이 따르지 않으면 잠에 든다고.

반대로 용은 성인(聖人)만을 골라 충성을 바치는 습성이 있으니, 만약 주인인 천자가 자격이 되지 않는다면 얼굴조차 내비치지 않는다고.

주설현은 여기에 곰곰이 생각에 잠기다 물었다.

"그럼 황상께서 위험에 잠기신다면요? 자격은 되지 않는다고 해도 만약 위험에 처하셨을 때에 황룡은 어떻게 하나요?"

여기에 기왕은 대답을 꺼려 하다가 이렇게 답했다.

"그럴 때는 하늘 높이 올라 아무도 걷잡을 수 없을 만큼 비바람을 세상에다 뿌린단다."

그리고 지금 그녀의 눈에 말로만 들어왔던 진짜 황룡이 나타났다.

*　　*　　*

'비바람을 일으킨다는 용…….'

주설현이 이를 악물며 잔뜩 긴장한다.

그 순간, 진성황이 천천히 아래쪽으로 시선을 내리다가 그녀와 눈이 마주쳤다.

"결국 반역의 길을 걷고 말았구나."

몸이 눌린다. 숨이 턱 하고 막힌다.

이곳으로 오는 내내 같이 마주했던 눈빛이지만 절대 익숙해지지가 않는다.

그런데도 주설현은 절대 주눅 들지 않기 위해 당당히 그를 노려보았다. 그가 던진 질문에 대답은 하지 않는다. 상대는 하늘에서 지상을 굽어다 보는 자. 눈빛만으로도 뜻을 전달하기엔 충분하다.

확실히 진성황의 눈썹이 꿈틀거렸다.

"위압은 할 수 있을지언정 의기는 절대 꺾을 수 없으리란 무언의 항의더냐?"

"……"

"뜻이라? 대저 그대들의 뜻이 뭐기에?"

"……."

"강호의 무뢰배고 황위를 찬탈할 욕심을 지닌 반역자고 간에 결국엔 힘이 부족하다는 것을 알고 나면 꼬리를 말고 마는 그런 존재에 불과하지 않던가? 한데, 어째서 그대들은 그리도 당당할 수 있는 것이지? 그리고 어떻게 동료를 믿을 수 있는 것인가? 그대들을 규약하고 있는 정의가 대체 무엇이건대?"

자신의 뜻대로 풀리지 않는 이들을 폄하하고 경멸한다. 그러면서도 그들을 단단히 묶고 있는 무언가에 크게 당황한다.

자신이 살아온 생만이 진리라고 여겨 왔던 진성황의 눈에 지금 상황은 도무지 납득할 수 없는 모순투성이였다.

주설현은 거기에 대해 해 주고 싶은 말이 많았다.

하지만 참았다.

이것은 설명한다고 해서 전달될 것이 아니기에.

"아, 거참 좋알쫑알 새도 아니고 시끄러워 죽겠네. 대영반이나 되는 사람이면 한 판 시원하게 붙든지, 아니면 꼬리를 말고 도망칠 건지 후딱 결정하쇼."

그때 간독이 새끼손가락으로 귓구멍을 후비적거리면서 건들거리는 자세로 앞으로 나섰다.

진성황의 눈이 불을 뿜었다.

"감히!"

"감히고 나발이고. 나와는 상관없고. 결정이나 하라니까 왜 이렇게 떠드는 거요? 그리 할 말 없수?"

진성황은 한참이나 간독을 노려보다가, 바득 이를 질근 갈았다.

"내 수하들을 풀어라."

"그쪽이 또 무슨 해코지를 할 줄 알고?"

"풀지 않으면 네놈들이 죽는다."

"아이고. 그런 협박은 너무 많이 들…… 흠!"

"죽는다고 했을 텐데?"

간독은 심장을 옥죄는 엄청난 압력에 헛바람을 들이켰다. 이대로 상대가 원한다면 거기서 바로 심장이 멈추리란 생각이 날카롭게 섰다.

하지만 여기서 무너지면 간독이 아니지.

곧 죽어도 할 말은 다 떠벌리는 게 그의 신조다.

이마엔 식은땀이 송골송골 맺혔지만, 절대 지지 않고 노려본다.

"해 볼 수 있으면 해 보쇼. 대신에 당신들 수하들도 바로 모가지가 댕강, 알지 않수?"

진성황이 마음에 들지 않는 듯 눈살을 찌푸린다. 하지만 간독을 짓누르던 압력은 거짓말처럼 사라졌다.

"이놈이고 저놈이고 마음에 들지 않는 놈투성이군."

"그래서 귀병 아니오, 귀병."

진성황은 더 이상 대꾸할 여력도 없는지 허공에다 가볍게 손을 저었다.

한 줄기 바람이 군중으로 스며든다.

곧 여기저기서 비명이 터졌다.

"모, 몸이 왜 이래?"

"으아아아! 귀, 귀신인가?"

토벌군의 수뇌부를 둘러싸고 있던 기군 병사들의 손발이 따로 놀기 시작한다.

머리는 분명 앞쪽에 있는데도 불구하고, 무기를 든 손이 위로 올라가고 허리가 뒤로 돌아가 뒤쪽으로 걷는다. 보이지 않는 힘이 강제로 몸을 비틀고 있었다.

그것이 진성황이 해낸 것이란 건 바보가 아닌 이상에야 쉽게 눈치챌 수 있는 일.

'사람의 의지까지 강제로 제어할 수 있다고?'

생각만 해도 크게 떨릴 일이다.

얼결에 구해진 수뇌부는 눈치껏 재빨리 기군의 포위망을 뚫고 나왔다. 진성황의 제어를 받지 않은 다른 기군이 나서려 했지만, 주설현이 손을 높이 들어 멈추란 표시를 보냈다.

"역시나 똑똑하구나."

'아니면 우리가 죽으니까.'

주설현은 입을 꾹 다문다.

기군에선 그녀에게 왜 저들을 풀어 주냐면서 항의가 빗발쳤지만, 주설현은 일절 대답을 하지 않았다. 간독도 별다른 말을 하지 않았다. 그도 태연한 척해도 그녀와 같은 생각일 터.

"오늘의 토벌은 실패다. 돌아간다."

수뇌부와 토벌군은 여기에 대해 이의를 달지 않았다. 대영반이 그런 것이라면 그런 것이다. 맹목적인 충성과 함께 그들은 무신련을 급속도로 빠져나갔다.

물론 철수가 완료될 때까지 두 진영 사이엔 팽팽한 긴장감이 흘렀다.

진성황은 마지막 남은 자들까지 빠져나가는 것을 확인한 후에야 주설현과 간독에게 말했다.

"내가 물었던 질문의 답은 곧 머지않은 시간에 들을 것이다."

그는 한마디를 남기고 홀연히 사라졌다.

야별성의 기습에서부터 황군과의 대치까지.

기나긴 전투는 그제야 종막을 고했다.

*   *   *

동창과 금의위는 빠른 속도로 철수했다.

진성황은 마치 아무런 일도 없었던 것처럼 말 안장에 올라타 만 단위나 되는 군을 통솔했다.

"대영반! 대영반? 대영바아아아아안!"

자항이 멀리서부터 진성황을 부르며 달려온다. 하지만 아무런 대꾸도 없다. 열 받은 나머지 돼지 멱 따는 소리로 부르고서야 짧은 대답이 돌아왔다.

"왜 그러시오?"

"지금 그걸 몰라서 묻는 것인가요?"

자항은 저 멀리 점이 되어 사라지는 무신련을 가리켰다.

"어째서 황실을 능멸한 저 무뢰한 작자들을 응징하지 않고 돌아가는 거냐고 묻는 거예요!"

"응징할 것이오."

"그렇다면……!"

"단, 조금 시간을 둔 후에."

자항은 입을 꾹 다물더니 눈을 가느다랗게 좁혔다.

"대체 무슨 뜻인가요?"

"비유하자면 저들은 중상을 입은 범이오. 사냥꾼들이 쏜 화살에 약점이 관통당해 피를 너무 많이 흘리고 말았지."

"그러니 기력을 되찾기 전에 숨통을 끊자는 것 아닌가요!"

진성황은 아니꼬운 눈빛으로 자항을 봤다.

간신배에 불과한 작자다. 황제의 총애를 받는다는 이유만으로 그의 옆에서 헛바람을 불어넣고 사직을 농단하는 이다.

마음 같아서는 바로 이 자리에서 베어 버리고 싶다.

그것이 사직의 안위를 위해서라도 좋을 터.

보고할 때야 전투 중에 휘말려 죽었다고 보고해 버리면 끝날 일이다.

하지만 진성황은 그러질 못했다.

그는 황제를 위해 살아가는 무장.

황제의 의중을 함부로 짐작하고, 그의 의사를 곡해해서 받아들이는 일 따윈 없다. 그렇기에 더더욱 황제를 위한 일이랍시고 나서서 일을 저지르는 경우도 없다.

황제가 직접 자항의 목을 베라며 어명을 내리면 모를 것이되, 그런 것이 아니라면 함부로 손을 쓸 수 없다.

설사 그것이 잘못된 충성이라 할지라도.

한평생 황실을 위해 살아온 그에게는 절대 있을 수가 없는 일이었다.

무엇보다 이곳엔 동창의 눈이 아주 많았다.

지금은 이들을 구해 주어 호감 어린 눈빛을 받고는 있으나, 황도에 도착하는 즉시 다시 정적으로 돌변할 작자들이다.

절대 약점을 내줘서는 아니 됐다.

자항 역시 이 사실을 너무 잘 안다.

동창의 환관들과 다르게 무공이라고는 양생법 외에는 전혀 익힌 적이 없는 자항이 제독태감까지 오를 수 있었던 것은 모두 매끄럽게 기름칠을 한 혀와 재빠른 눈에 있다.

　　상황을 판단하고 인물을 평가하는 능력만큼은 진성황도 인정할 수밖에 없었다.

　　"내 말이 들리지 않는 건가요? 대답하세요!"

　　진성황은 짜증이 났지만 대답을 했다.

　　"범의 마지막 숨통을 끊겠답시고 화살을 남용하다가 소진해 버리면 어쩔 것이오? 비상으로 챙겨 왔던 창도 부러지면? 그때는 맨몸으로 범과 싸울 것이오?"

　　"하면? 다른 방법이 있다는 건가요?"

　　"승냥이 무리를 주변에다 뿌릴 것이오."

　　이제야 해결책이 나왔다.

　　자항의 눈이 반짝거린다.

　　"승냥이 무리라?"

　　"범이 죽어 간다면 당연히 산의 주인이 되기 위해 갖가지 맹수들이 모이기 마련이지. 그들을 이용할 것이오. 범이 그들을 상대하느라 마지막 남은 힘까지 썼을 때, 그때 목덜미에다 암전(暗箭)을 날리는 것이 맞소."

　　진성황의 입가가 벌어진다.

　　"우리의 전쟁은 끝났으나, 저들의 전쟁은 끝난 것이 아니오."

"흐흥. 그럼 지금부터 그 승냥이들을 만나러 가는 것이로 군요."

자항도 그제야 진성황의 말뜻을 알아챘다.

자고로 이이제이(以夷制夷)라고 했다.

오랑캐는 오랑캐로서 잡는 법.

그리고 그들의 눈에 새로운 오랑캐가 보였다.

동창과 금의위를 맞이한 것은 새로운 군영이었다.

그들의 머리 위로는 참으로 다양한 깃발이 흩날렸다.

무왕보, 백검문, 산왕루, 천중파, 신계채…….

이름만 해도 수십 가지.

하지만 그중에서도 가장 크고 화려하게 나부끼는 깃발은 따로 있었다.

의천(義天)

당대 강호에 '의천'이란 명칭을 쓰던 문파가 있던가? 뒤진 다면 몇 개는 있을 것이나, 개중에 딱 들으면 바로 알아들을 만한 유명한 문파는 없었다.

하지만 의천이 새겨진 깃발을 둘러싼 다른 깃발들은 절대 가벼운 것이 없었다.

청성, 아미, 곤륜, 점창, 공동.

무신련과 쌍존맹, 만야월이 등장하기 이전에 누백 년간 강호를 지배하던 최고의 문파들.

구대문파다.

진정한 당수라 할 수 있는 소림, 무당, 화산, 종남은 가담하질 않았으나, 이들 다섯만 하더라도 엄청난 전력이었다.

특히 일인문파가 되어 버린 종남을 비롯한 세 문파는 예부터 소수 정예를 외치며 문도 수가 그리 많지 않았다는 것을 감안한다면, 구대문파의 대부분 전력이 가담했다고 봐도 과언이 아니었다.

어디 그뿐인가.

누백 년의 역사를 자랑하는 구대문파는 오랫동안 제자들을 배출해 오며 수많은 속가문파들과 연대를 맺고 있다. 이들까지 동참했으니 그 숫자는 물경 일만을 넘겼다.

이들이 일어났다.

쌍존맹이 무너지고 야별성이 사라진 지금. 무신련의 존태마저 위태로운 지금이야말로 구대문파가 와신상담해야만 했던 지난 삼십 년의 세월을 보상받아야 할 때였다.

하물며 황실의 적극적인 지원이 뒤따른 지금에야 두말할 나위 없이 좋은 기회다.

의천맹(義天盟).

의로운 하늘을 열겠다는 —그것이 설사 자신들만의 하늘이라 할지라도— 포부를 담은 이름이다.

의천맹의 수뇌부들이 진성황 앞으로 다가왔다.

맹주로 보이는 이는 진성황과 자항에 비교했을 때에 연륜으로 한참이나 부족해 보였다.

하지만 그런 것을 따진다면 조정 내에서도 구순이 넘은 진성황과 비교할 수 있을 만한 사람이 몇이나 될까.

하물며 진성황은 나이로 상대를 평가하는 사람이 아니었다. 그의 기준으로도 의천맹주는 충분히 대우를 받을 만한 자격이 있었다.

물론, 그 역시 강호가 정리되고 난다면 바로 내쳐질 사냥개에 불과했지만.

"의천맹의 맹주, 이학산이 대영반을 뵙습니다."

청성파의 새로운 장문인이자 의천맹주가 된 이학산이 공손하게 예를 올렸다.

第四章

황룡각(黃龍閣)

넓은 자리가 마련된다.

진성황이 가장 상석이었고, 그다음에는 자항, 제일 끝 하석에는 이학산이 앉았다.

이 자리 배치는 나이를 고려한 것이기도 했지만, 다른 한편으론 황실에서 당장은 무림과 손을 잡곤 있다고 해도 절대 동등한 관계가 아닌 군신(君臣) 간의 배치라는 인식을 확실히 심어 주기 위한 의도적 장치였다.

하지만 이학산은 거기에 대해서 별다른 토를 달지 않았다. 이의나 불만도 없는 듯했다.

그도 그럴 것이 그가 바라는 것은 구대문파의 부흥.

지난 세월 동안 봉문을 하거나 숨어 있어야만 했던 그들이 다시 세상에 화려하게 나타나는 것이 목적이었다.

그 과정에서 황실과 손을 잡는 것 따윈 절대 거절할 일이 아니었다.

도리어 더 반색할 일이다.

본래 불가와 도교 등, 민중에 설파된 종교를 표방하는 구대문파는 황실, 관부, 조정 신료들에게 아주 긴밀한 관계를 맺어 왔다.

황실에서는 구대문파에서 파견된 승려를 국사(國師)로 삼고 도사에게 사직의 제사를 맡기는 등 엄중한 자리를 맡길 수 있고, 관부와 조정의 신료들은 혈족과 가문의 무궁한 번영을 기원하기 위해 산을 찾아 시주를 한다.

구대문파는 이들의 지원을 등에 업고서 민중들을 교화하고 교세를 확장시킬 수 있으니, 두 곳은 절대 떼려야 뗄 수가 없는 관계다.

특히 황실에서는 구대문파가 강호 무림을 통치하는 것이 훨씬 속 편했다.

언제 어떻게 돌발 행동을 보일지 모르는 무림과 다르게 구대문파는 민중의 눈치를 보느라 행동에 자제력이 있기 때문이었다.

결국 두 곳이 손을 잡는 것은 절대 무리가 아니었다.

하지만 그것은 어디까지나 황실과 구대문파 수장들의 이해 관계일 뿐.

정작 그들의 명을 이행하는 현장에서는 주도권을 두고서 기세 싸움이 벌어질 수밖에 없다.

하물며 구대문파를 신하로 여기고 있는 진성황과 자항은 나이도 어린 이학산을 무시하기 일쑤였고, 이학산은 정작 가장 선두에서 전투를 치러 가장 많은 피를 흘릴 자신들의 발언권을 강화할 필요가 있었다.

결국 수뇌부를 위한 자리가 마련되었어도, 한 시진이 넘도록 그들 사이엔 아무런 대화도 오고 가지 않았다.

그저 이제는 다 식어 버린 찻잔만을 조용히 들이키고만 있을 뿐.

대화는 앞으로도 한참이나 이어지지 않을 듯 보였다.

＊　　　＊　　　＊

무성은 무신련에 다가갔다.

"련주께서 돌아오셨다!"

무사들은 무성을 발견하고 하나같이 손을 번쩍 들면서 환호를 외쳤다.

모두 지친 기색이 역력하지만, 기쁨을 숨길 수 없다.

토벌군이 물러난 것은 목격했지만, 이렇게 직접 무성의 얼굴을 확인하고서야 비로소 전쟁이 끝났다는 것을 실감할 수 있었다.

무성은 홍운재 장로들에게 고개를 숙였다.

"고생 많으셨습니다."

"우리가 하면 뭘 했겠나. 자네가 고생이 많았지. 정말 수고했어."

조철산이 무성의 어깨를 두들긴다.

석대룡이 나타나 솥뚜껑만 한 손바닥으로 무성의 등짝을 두들겼다.

"으하하하! 정말이지 보면 볼수록 여우라니까? 대체 그런 수는 언제 준비했던 건가? 응?"

갑작스럽게 탈출을 도운 기군을 말하는 것이리라.

무성은 말없이 웃었다.

이들에게 어떻게 말할 수 있을까.

솔직히 말해서 그것은 운이며 도박에 가까웠다고.

기왕부가 만약 끝까지 자신을 믿지 않아 줬다면, 간독이 음지에서 발 벗고 뛰어다녀 일을 풀지 않았더라면 아직도 험난한 진창을 구르고 있었을 텐데.

"제가 한 것이라고는 저들의 이목을 끈 것밖에는 없습니다. 일등 공신은…… 아, 저기 오는군요."

때마침 이곳으로 기군이 다가온다.

선두에 선 간독과 주설현이 보였다.

주설현이 고개를 숙인다.

"가주를 뵈어요."

련주가 아닌 가주. 주설현은 귀병가의 소속이니 당연한 말이다.

무성은 포권을 취했다.

"저를 끝까지 믿어 주셔서 감사합니다."

주설현은 씁쓸하게 웃었다.

"어차피 저들의 의도를 따른다고 한들 결국 실컷 부림만 당하다가 쓸모가 다해지면 모두 사라질 운명이었으니까요. 그렇다면 다른 운명을 개척해야겠지요."

주설현은 뒷말을 삼켰다.

'당신처럼요.'

이를 알지 못하는 무성은 그저 감사하다는 말만 계속 되풀이했다.

간독이 못마땅하다는 눈치로 입술을 삐죽 내밀었다.

"역시 머리 좀 굵었다고 이제 네놈도 어쩔 수 없는 남자구나. 수년을 같이 뒹굴고 뒤에서 개고생을 한 동료는 보이지도 않고, 제 여자만 눈에 들어온다, 이거지?"

주설현은 '제 여자'라는 말에 살짝 얼굴을 붉혔다.

언제나 사람들을 대할 때 예의가 바르던 무성도 지금만큼은 영 못마땅하다는 표정으로 간독의 위아래를 살피더니 피식 바람 빠지는 소리를 냈다.

"뭐야, 그 꼴은? 비루먹은 개야?"

"뭣이? 이게 지금 누구 때문에 이렇게 됐는데?"

"난 그러라고 한 적 없어."

"아이고! 하여간 이래서 머리 검은 짐승은 거두는 게 아니라고 했는데!"

간독이 답답하다는 듯이 주먹으로 가슴팍을 두들긴다.

무성은 간독의 과장 가득한 행동에 저도 모르게 실소를 터뜨리고 말았다. 무뚝뚝했던 주설현도 같이 엷은 웃음을 짓고, 옆에 있던 홍운재 장로들도 호탕하게 웃었다.

웃음은 계속 번져서 군영 전체로 퍼진다.

무신련, 기군, 일부 동참한 귀병가까지. 어느 곳이고 전부 웃지 않은 사람들이 없었다.

정말 간독이 재미있어서 웃는 사람들보다는, 이 분위기가 좋아서, 죽음의 구렁텅이에서 빠져나왔다는 실감을 느끼면서 웃는 게 대부분이었다.

졸지에 만인의 웃음을 한 몸에 받게 된 간독만 황당해할 뿐이다.

"뭐야, 이거? 전부 짰어? 날 엿 먹이기로?"

그때 석대룡이 손을 간독의 머리 위에 얹었다.

"하하하하하. 이거 자네 정말 마음에 드는구만."

"영감님은 누구슈?"

"음? 영감님? 난 아직 결혼도 안 한 총각인데?"

"헐. 그 나이를 먹도록 홀아비 신세라니. 오죽 성격이 못나면 그런 거요?"

"허! 이놈 보게. 혀가 기름칠을 하다 못해 아예 기름통을 들이부었구만. 그럼 자네는? 결혼은 하셨는가?"

"하! 그딴 걸 왜 하오? 도처에 널린 게 계집인데. 괜히 굳이 스스로 발에다 족쇄를 달려 하오?"

"으하하하하! 역시나 혀가 참 대단한 놈일세. 일단 나도 자네와 똑같다고 해 두지."

"오호. 이거 보니 사실은 선배님이셨구만. 내 술 한 잔 드리고 싶은데 어떻소?"

"마음에 들지. 하지만 괜찮겠나? 날 상대하려면 웬만해선 안 될 텐데."

"걱정 마슈. 그쪽이나 걱정하는 게 좋을 거요. 보이기론 깡마른 멸치라도 이 속은 바다도 마시거든."

"좋아. 그럼 오늘 한번 누가 먼저 죽나 해 보세."

무신련, 기군, 귀병가는 약속이라도 한 듯이 진영과 소속을 가릴 것 없이 서로 뒤섞여 어깨동무를 하면서 본단으로 돌아갔다.

　무신련 본단에는 때아닌 술 축제가 벌어졌다.

　지하 창고 깊숙하게 처박아 놨던 술 단지를 있는 대로 모두 갖고 와 위로 올린다.

　사람들은 죄다 땅바닥에 주저앉았다.

　무너진 폐허에 들어가 반쯤 부서진 벽에 등을 기대기도 하고, 파편을 의자 삼아 앉기도 한다.

　술을 담는 잔은 따로 없었다.

　다들 어디서 구했을지 모를 표주박 따위를 갖고 와 자신이 마시고 싶을 만큼만 퍼서 꿀떡꿀떡 삼켰다.

　술의 종류도 가지각색이다.

　그냥 시중에서도 싸게 구할 수 있을 화주부터 시작해서 거금을 주고도 못 살 오량곡주까지.

　다들 종류 따윈 신경 쓰지 않는 눈치였다.

　취하기만 하면 그만이라는 듯이 닥치는 대로 마시고, 이야기를 나누고, 춤을 추고 노래를 부른다.

　무성은 그들을 보면서 자신도 모르게 웃었다.

　'이런 것이 살아간다는 건가?'

　누이가 늘 말하지 않았는가.

　살라고.

숙부 한유원도 항상 말했다.

삶 속에 숨겨진 재미를 찾으라고.

어쩌면 그런 건 정말 별 게 아닐지도 모른다.

다 같이 한데 어울려 놀고 웃으며 즐긴다.

그것만으로도 충분하다.

"좋구나."

무성은 아직 한 입도 데지 않은 표주박(瓢)을 내려다봤다.

표홀히 뜬 달밤 아래.

맑은 술은 자신의 얼굴을 비치고 있었다.

그 속에 있는 그는 웃고 있었다.

아주 기쁘게.

무성은 녀석에게 물었다.

"넌 행복하냐?"

물론 대답 따윈 돌아오지 않는다. 대신에 녀석은 아까 전보다 더 짙은 미소를 흘렸다.

이렇게 말하는 듯했다.

'꼭 그걸 말로 해야 해?'

무성은 소리 내어 웃었다.

"그래. 그렇겠지."

달리 뭐가 필요하단 말인가.

당장 이 술자리가 끝나고 나면 다시 끝이 보이지 않는 전쟁에 돌입해야 한다는 것을 아주 잘 안다.

그 전쟁 끝에 뭐가 있을지는 다들 아무도 모른다.

하지만.

하지만…… 그게 어쨌단 말인가.

앞으로의 길이 고단하다고 한들 지금을 즐기지 말란 법이 어디에 있는가?

보라.

언제나 세상에 냉소적인 간독도 어느새 석대룡 뿐만 아니라 청천기군들과 섞여서 누가 술이 더 센지 내기를 하고 있었다.

이미 몇몇은 술고래인 간독을 감당하지 못하고 벽을 붙잡고 오늘 마신 술을 굳이 제 눈으로 재확인하는 작업을 하고 있었다.

"으하하하하! 천하의 무신련 최고 정예라는 놈들도 별것 없구만? 술을 간장 종지만 하게 먹어서 앞으로 뭘 하겠어?"

간독의 도발에 무사들은 하나같이 눈에 불을 켜고 달려든다.

청천기군을 넘어서 다른 기군 소속 무사들도 달려들어 술 대작을 하고 고꾸라지기를 반복했다.

아마 이 중에서 가장 즐기고 있는 건 간독이 아닐까?

사람은 어느 누구나 지금을 살아간다.

'지금'에서 행복을 느끼고 즐거움을 찾는다.

무성도 그럴 생각이었다.

오늘은, 그저 즐기기만 하자.

무성은 손에 들고 있던 표주박을 입에 대고 한껏 들이켰다.

식도가 타들어 가는 것 같다.

위가 화끈했다.

그 감평은,

'윽! 맛없어.'

무성은 인상을 잔뜩 찡그렸다.

예전에도 술을 마신 적은 있었다지만, 별로 맛을 느끼지 못했다. 그래서 그 후로도 거의 금주를 하다시피 했는데 지금도 영 그 맛을 모르겠다. 대체 다른 사람들은 이걸 무슨 맛으로 먹는 걸까?

그래도 한 번 마신 걸 뱉을 수도 없다. 무성은 두 눈을 질끈 감고 한꺼번에 들이켰다.

인상을 잔뜩 찡그리며 표주박을 입에서 떼자, 갑자기 간독이 이쪽을 보면서 소리쳤다.

"이야! 우리 가주님, 대단하신데? 그 독한 걸 한입에 다 드셨어? 몰랐는데, 말술이시잖아? 어디 이 총관이 올리는 한 잔도 받으시지요. 설마 안 받으시는 건 아니겠지요?"

간독은 얼굴이 벌겋게 달아오른 채 무성에게 다가와 스스럼없이 어깨동무를 했다. 그러면서 왼손으로는 호리병을 기울여 빈 표주박을 가득 채웠다.

"야, 너……!"

"으흐흐흐흐! 내빼는 건 아니시겠지요?"

능글능글 맞게 웃는다.

무성은 짜증을 버럭 내고 싶어도 못했다.

주변에 자신을 쳐다보는 눈들이 있어 어쩔 수 없이 다시 가득 찬 표주박을 마셔야 했다.

간독이 탄성을 터뜨린다.

"캬! 진짜 우리 가주님, 상남자시네! 어이어이, 다들 뭐 하시나? 우리 술 좋아하는 가주님께 한 잔씩 드리지 않고!"

무성이 화들짝 놀라 거절을 하려 했지만, 무사들이 흥분한 기색으로 달려드는 통에 시기를 놓치고 말았다.

"련주님, 저도 한 잔 올리겠습니다!"

"저도 올리게 해 주십시오!"

"련주님!"

"가주님, 저희도 올리고 싶습니다!"

"어사, 우리를 구해 주셨으니 드리고 싶습니다."

무신련에 이어서 귀병가, 심지어 기군까지.

결국 무성은 술독에 빠져 허우적거렸다.

저 멀리 간독이 사악하게 웃었다.

"으흐흐흐흐! 날 여태 고생시킨 대가야, 애송아."

"우웨에에에엑!"

무성은 벽 하나를 붙잡고 연신 토했다.

이제는 나올 술도 없어서 위산이 역류한다.

위가 쓰리고 간이 아프다.

마음 같아서는 운기를 해서 체내에 쌓인 주독(酒毒)을 죄다 털어 버리고 싶다.

하지만 간독이 던진 한마디 때문에 그럴 엄두도 나지 않는다.

　"으흐흐흐. 우리 가주님, 설마 수하들이 성성성의껏 진상한 술기운을 무의미하게 날려 버리는 못된 짓을 하시진 않으시겠지?"

술기운을 날려 버리는 건 수하들이 바친 마음을 함부로 다루는 것이라나?

별 되지도 않는 궤변이지만 여기다 대고 반박을 하기도 어려웠다.

이미 자신뿐만 아니라 다른 무사들도 운기를 하지 않고 술기운을 고스란히 받아들였다. 다들 반쯤 맛이 가 버린 터라 이성보단 감성이 앞서서 간독의 말이 옳다면서 맞장구를 쳐 댔다.

결국 무성이 할 수 있는 거라고는 술독이 비워질 때까지 마시다가, 무사들이 다른 술독을 가지러 간 사이에 냉큼 자리를 내빼는 것밖엔 없었다.

그 결과가 이것이다.

지금 이 순간에도 운기를 할까 말까 수십 번이고 고민을 한다.

그래도 한 번 한 약속은 약속.

그런 약속은 무조건 지키는 게 바로 무성이었다.

어떻게 보면 고지식하다고 할 수도 있지만, 그것 또한 무성이 한유원에게 배운 방식이었다.

덕분에 몸이 축나게 생겼지만.

'간독, 두고 보자.'

이를 잘근잘근 갈면서 복수를 다짐하며 다시 속에 든 걸 게워 낼 무렵이었다.

"이거라도 마시면 좀 나으실 거예요."

"고, 고맙소."

무성은 불쑥 눈앞에 나타난 그릇을 보고 누가 준 건지도 확인하지 않고 한껏 들이켰다.

달짝지근한 향이 풍긴다. 꿀물이었다.

"으으으."

하지만 꿀물은 속을 달래 주기만 할 뿐 취기를 쫓아 주진
못한다.

여전히 눈앞이 핑핑 도는 것 같아 무성은 인상을 잔뜩 찡그
리다가, 뒤늦게야 꿀물을 챙겨 준 고마운 은인을 올려다봤다.

"공주……."

"저도 귀병가의 식솔인데 그냥 말을 편하게 놓으시면 안 될
까요?"

무성은 살짝 놀랐다가 이내 고개를 저었다.

아무리 그래도 상대는 공주다. 쉽게 말을 놓기가 힘들다.

주설현은 살짝 불만 가득한 눈길로 무성을 노려봤지만, 곧
어쩔 수 없다는 듯이 고개를 절레절레 흔들었다.

"그럼 주 소저로 해 주세요."

"그 정도야."

"옆에 앉아도 될까요?"

"이곳은 더러우니……."

"괜찮아요."

주설현은 적당히 바닥에 엉덩이를 깔고 앉았다. 다행히 무
성이 토악질을 한 곳에서는 거리가 떨어져 있었다. 밤도 어두워
잘 보이지도 않았다.

무성은 비틀거리는 발걸음으로 주설현 옆에 앉았다.

두 남녀는 담벼락에 등을 붙이고 나란히 앉아 잠시 하늘을 쳐다봤다.

"달이 참 밝네요."

"그렇군요."

"이태백은 달밤을 친구 삼아 술을 즐겼다는데, 가주는 그러지 못하실 것 같아요."

주설현이 가볍게 웃는다.

무성은 짐짓 인상을 찡그렸다.

"이게 전부 간독 때문입니다."

"하지만 그가 없었다면 우리 전부 없었을 거예요."

"그러니까 놔두는 거죠. 그것만 아니라면……."

무성은 작게 투덜거리다가 이내 살짝 눈을 크게 뜨고 손으로 입을 가렸다.

아무래도 정말 취하긴 취했나 보다.

공주 앞에서 이렇게 말이 험해질 줄이야.

하지만 주설현은 웃었다.

"괜찮아요. 도리어 저는 가주의 이런 모습이 더 보기 좋은 걸요."

무성은 땅이 꺼져라 한숨을 내쉬었다.

"이렇게 한심한 모습이 말씀이십니까?"

"한심스럽긴요. 지금의 가주는…… 음, 뭐랄까. 좀 더 인간적으로 보여요."

"인……간적?"

주설현은 고개를 끄덕였다.

"예. 사실 그동안 가주는 제게 사람처럼 보이지 않았어요. 무엇이든 해낼 것 같고 완벽하게 처리할 것 같은…… 철인(哲人) 같아 보였어요."

무성은 쓰게 웃었다.

"잘못 보신 겁니다."

철인이라니.

무성은 언제나 느낀다.

자신이 한없이 부족하다는 것을.

그렇기 때문에 언제나 발버둥을 치며 앞으로 나가고자 애를 쓴다.

철인이라면 이렇게 숱한 고생을 하지 않겠지.

아마 따지자면, 백율이 거기에 가깝지 않을까?

"예. 그동안 잘못 본 것 같아요. 이제야 가주는 철인이 아니라 우리와 똑같은 평범한 사람이란 걸 알게 됐으니까요. 그래서 참 다행이라 생각해요."

"……?"

"이런. 저도 취했나 보네요. 방금 전에 했던 마지막 말은 모르셔도 된답니다."

"……."

무성은 굳이 캐묻지 않았다.

정신이 말짱하면 알아챌 수 있을까 싶었지만, 곧 고개를 턴다.

지금은 이렇게 있는 게 좋을 듯싶었다.

잠시간 두 사람 사이에 적막이 흐른다.

달은 밝고, 바람은 차다.

그래도 두 사람은 심심하지 않았다.

그저 가만히 눈을 감고 이대로 있는 게 행복했다.

얼마 떨어지지 않은 곳에는 여전히 많은 사람들이 서로 놀고 떠들기에 바쁘다. 그것을 연주 삼아 있으니 마음이 꽉 차는 것 같았다.

주설현은 손으로 허벅지를 끌어모아 가슴에 붙였다. 허벅지에 반쯤 얼굴을 묻히며 천천히 입을 열었다.

"사실 그동안 걱정이 많았어요. 이제 어쩌면 좋을까 하고."

"……."

"왕부는 무너졌고, 아바마마는 황도에 인질로 잡히셨지요. 이제 옥좌에 앉으실 일만 남았다고 생각했는데 그게 뜻대로 풀리지 않은 거예요. 정말 이제는 내 앞에 나락만 펼쳐졌구나 싶었어요."

넋두리다.

무성은 아무런 대답 없이 가만히 듣기만 했다.

"그런데 저에게는 구명줄이 있었어요."

주설현이 천천히 무성쪽으로 고개를 돌린다.

영롱한 달빛 아래, 아름다운 두 눈이 반짝거린다.

무성은 얼굴이 발갛게 달아오르는 걸 느꼈다.

술기운 때문일까, 아니면 달빛에 취한 것일까. 아니면 주설현이 풍기는 향기에 홀린 것일까.

새치름한 입술이 열린다.

"바로 가주였어요."

"주 소저……."

"잠깐만요. 조금만 더 이야기할게요."

"……."

"고마워요. 당신 덕분이에요."

주설현의 눈가에 열기가 어린다.

"당신은 언제 어디서나 제가 위험에 처할 때면 나타나 구해주시네요. 그것이 어떤 상황이 되어서든 동아줄이 되어 저의 손을 잡아 일으켜 줘요."

천천히, 입술을 달싹인다.

"만약 당신이 없었다면 저는 어떻게 됐을까요? 소림사에 갇혀 눈을 감아야 했을까요? 아니면 역적이 되어 형장의 이슬로 사라졌을까요? 아니면 관노로 신분이 격하되어 비참한 신세가 되었을까요?"

무성은 심장이 두근거렸다.

주설현은 더 이상 그를 '가주'라 칭하지 않았다.

당신.

따스한 열의가 가득 담긴다.

"그러니까 이 말을 꼭 하고 싶었어요."

무성은 뒷말을 듣지 않아도 알 것 같았다.

막아야 했다.

하지만 막지 못했다.

"저는…… 당신이 좋아요. 처음 봤을 때부터."

그 순간, 무성의 심장이 묵직하게 내려앉으면서 머릿속으로 누군가의 목소리가 떠올랐다.

　"저는 당신이 좋습니다."

남소유의 모습이 떠올랐다가 사라진다.

죄책감이 인다.

무성은 대답 없이 눈을 질끈 감았다.

주설현은 그럴 줄 알았다는 듯이 가볍게 웃었다.

"당신에게는 마음을 주는 상대가 있지요?"

"……그렇습니다."

"거기에 제가 들어가면 안 되나요?"

"……."

"그렇군요."

어떻게 보면 실연을 당한 걸 수도 있다. 하지만 주설현은 전혀 개의치 않는 듯했다.

"하지만 저는 걱정하지 않는답니다. 여자의 승부는, 지금부터일 테니까요. 여기에 대한 대답은 나중에 듣도록 할게요."

대답을 듣지 않았으니 실연을 한 것이 아니다. 주설현은 그렇게 말하고 있었다.

더군다나 이 시대는 남자가 여자를 여럿 두어도 절대 흠이 되지 않는 시대.

하지만 주설현의 신분은 공주다. 공주의 남편인 부마(駙馬)가 첩을 들인다는 말 또한 거의 없으니, 두 사람 사이의 애정은 어떻게 될지 난관이 가득할 터였다.

"아무래도 저도 많이 취했나 보네요. 원래 이런 말을 할 생각이 없었는데…… 가주도 심신이 많이 지쳐 있을 텐데 제가 괜히 부담만 안겨 드린 것 같아요."

주설현은 엉덩이를 털고 일어나 고개를 살짝 숙이며 자리를 벗어났다.

무성은 그 후로도 한참 동안 가만히 앉아 있었다.

머리가 복잡하다.

생각을 정리할 필요가 있었다.

"미치겠군."

작게 중얼거린다.

주설현이 자신에게 어떤 마음을 품었는지는 진즉에 알고 있었다. 하지만 애당초 그것은 연정이라기보다는 호감에 가까웠던 것. 생명의 은인에게 품은 감정에 가까웠다.

하지만 그것이 이번 일을 겪으면서 감정이 분출한 것 같다.

사람은 어느 누구나 막다른 곳에 내몰리면 어딘가에 의지하고 싶어 하는 마음이 가득하니까.

주설현에게는 무성이 그런 사람으로 비쳤을 것이다.

언제나 도와주는 사람.

언제나 옆을 지켜 주는 사람.

그것이 연정으로 변한다고 한들 이상할 게 전혀 없다.

문제는 그 연정을 받은 무성도 잠시나마 가슴이 흔들렸다는 거다.

'나도 많이 지쳤던 걸까?'

남소유를 볼 수 있다면 이 마음이 나아질까.

무성은 주설현에게 느꼈던 이 감정이 어떤 것인지 확신을 내리지 못해 심란한 마음을 어떻게 추스르질 못했다.

그렇게 차가운 밤바람에 몸을 맡기며 한참이나 고민을 하고 있을 무렵이었다.

『꼴값 떠는군.』

천마가 머릿속에서 투덜거린다.

순간, 무성의 마음이 차갑게 내려앉는다.

갑자기 뜨겁던 술기운도 확 깨는 것 같았다.

『너는 네가 처한 상황이 어떤 것인지도 모르느냐?』

"알아."

『알아? 안다고? 지금의 네놈이?』

천마는 잔뜩 비꼬았다.

『난 모든 것을 잃었다! 신도도! 성녀도! 하지만 나는 마지막 복수를 위해 너와 계약을 했지. 그런데 너는 팔자 좋게 이러고 있는단 말이냐?』

"그 계약, 잊은 적 없어."

『네놈은……!』

"내게 질투하지 마. 나는 나고, 너는 너다."

『…….』

천마가 갑자기 조용해진다.

"우리에게서 네가 그리고 싶었던 것을 보기라도 했나? 그렇다면 더더욱 똑똑하게 봐. 너 역시 저들처럼 나에게서 이런 행복을 앗아 가려 했던 놈이니까. 너의 행복을 내가 앗아 갔다고 해서 원망을 받을 이유는 없다고 생각이 드는데?"

『……그렇군.』

천마는 한참 후에야 대답했다. 왠지 모르게 웃는 것 같았다.

『그래. 잠시 황실 놈들 때문에 놓치고 있었다. 네놈도 저들과 다르지 않은 놈이었지.』

"그래."

두 사람은 두 사람 사이에 선을 확실히 그었다.

같은 몸을 공유하고 있다 한들, 둘은 서로 다른 인격.

양과 음, 백과 흑, 낮과 밤. 너무나 상반된 길을 걸어오고 경지를 개척한 절대자들이다.

절대 양립 따윈 불가능하다.

"그러니 낮에 했던 이야기를 마저 하도록 하지."

『황룡각, 말이냐?』

"그래. 너는 분명히 말했어. 그들이 오랫동안 황실을 수호해 온 그림자라고."

『그렇다.』

"그럼 그게 무슨 뜻이지?"

무성의 두 눈이 싸늘하게 식었다.

"황룡 '들'이라는 표현."

『들은 그대로다.』

천마는 무성이 한 가닥 품은 우려에 낙인을 찍었다.

『놈들은 하나가 아니다. 여럿이지.』

第五章

육린(六鱗)

진성황, 자항, 이학산 간에는 여전히 대화가 없었다.

그때 그들이 있는 자리로 세 명이 더 다가왔다.

어느 누구의 접근도 허락되지 않은 장소이건만, 그들은 전혀 그런 걸 신경 쓰지 않는 눈치였다.

한 명은 키가 멀대같이 큰 사람이고, 다른 한 명은 허리가 구부정한 노파였으며, 또 다른 한 명은 삼십 대로 보이는 사내였다.

"뭐야? 다들 재미없게."

사내는 빙글빙글 웃으면서 진성황과 자항 사이에 빈 의자를 뒤로 잡아당겼다. 그는 자항을 보면서 씩 미소를 지었다.

"자리 비었죠?"

"앉지 말라고 한들 앉지 않을 텐가요?"

자항은 짐짓 마음에 들지 않는다는 듯 눈살을 찌푸렸다.

"물론 그건 아니지. 그럼 어디 한번 앉아 보실까?"

사내는 아무렇게나 의자에 엉덩이를 붙이더니 다리를 쭉 뻗어 살짝 꼬았다.

누가 봐도 건방지기 짝이 없는 태도다.

하지만 진성황은 아무렇지도 않은지 조용히 차향을 즐긴다. 자항은 입을 샐쭉하니 내밀 뿐 다른 말을 하지 않고, 이학산 역시 자신과는 전혀 관련이 없다는 듯이 무시할 뿐이다.

젊은 사내는 같이 따라온 두 사람에게 턱짓을 했다.

"둘 다 뭐해? 어서 앉지 않고."

노파와 장정도 그제야 조용히 빈자리에 착석한다.

젊은 사내는 꼬았던 다리를 풀면서 흥겹게 양 손바닥으로 탁상을 세게 두들기며 몸을 앞으로 당겼다.

"자, 그럼 다들 모였으니까 슬슬 시작해 볼까?"

입가에 머무는 미소엔 흥미가 잔뜩 담겼다.

"황룡각의 육린(六鱗) 회의를."

*　　*　　*

"모두 여섯이라고?"

생각했던 것보다 훨씬 많은 숫자다.

『잊지 마라. 놈들은 황실이다. 당연히 강호 무림을 제어하기 위해서는 그만한 숫자도 적다고 생각하지 않나?』

무성은 가만히 눈을 좁혔다.

황룡각을 구성하는 저들의 숫자가 모두 여섯.

자신과 천마가 힘을 합쳐도 승부를 결하기 힘들던 진성황과 같은 작자가 다섯이나 더 있다니.

이것은 재앙이나 다름없다.

『물론, 개중에서 가장 강한 것은 대영반이다. 하지만 다른 놈들도 약하다고는 절대 말하지 못할 테지. 무림을 뒤집기 위해 황실이 칼을 뽑은 이상 여섯이 모두 나온다고 봐야 할 거다.』

"미치겠군. 그들의 명단은 아나?"

『내가 깨어난 것은 얼마 되지 않았다는 걸 잘 알 텐데?』

"그래도 이유명 등의 기억이 남아 있을 것 아냐? 놈들에 대해서 잘 알수록 우리도 유리해진다."

『뻔뻔하군.』

천마는 무성에게 하고 싶은 말이 많은 듯했지만, 그래 봤자 자신에게 불리할 뿐이니 별다른 말 없이 잠시 생각에 빠졌다.

『떠오르는 자는 셋이다. 그들은 자신들의 정체를 숨기고 신주삼십육성이란 신분을 이용해 강호 곳곳에서 활동을 했던 모양이더군.』

"불러 줘."

『우선 그들 세 명의 가장 우두머리가 되는 자는 해남검제 모용경. 해남검문의 주인이다.』

"……!"

＊　　　＊　　　＊

"모용경."

진성황이 나지막한 목소리로 입술을 연다.

세상 무서울 줄 모르는 사내, 모용경에게도 진성황은 버거운 존재다.

거친 바닷바람을 맞으며 해남도를 평정하고, 한때 야별성의 일곱 개의 주축 중 하나가 되기도 했지만 진성황만큼 거친 인생을 살았다고는 말하지 못한다.

그래서 반쯤 목례를 취한다. 물론 눈빛에는 전혀 존경하는 기색이 느껴지지 않았다.

"예. 대영반."

"조사한 것을 모두 발표하도록."

"그럽지요."

모용경은 키가 큰 장정에게 턱짓을 했다.

"네가 해."

장정은 자신의 일을 남에게 미루는 모용경을 살짝 노려보다가 길게 한숨을 내쉬었다.

모용경이 뺀질거리는 것은 하루 이틀 일이 아니다.

여기서 발끈하는 건 자신에게도 영 좋지 않았다.

천참귀도(天塹鬼刀) 목종(木倧).

신주삼십육성의 독행십웅 중 하나로 손꼽히면서 수많은 낭인들의 우상으로 불렸던 인물. 낭왕(狼王)이란 별호를 갖고 있기도 한다.

"우선 동창과 금의위가 무신련을 포위했을 당시에 저희 낭천막(狼天膜)과 해남검문은 사라진 귀병가의 뒤를 쫓고 있었습니다."

쾅!

바로 그 순간, 자항이 탁상을 세게 내리쳤다.

"지금 그게 대체 무슨 소린가요! 하면 사각과 오각에서는 이미 놈들의 수상한 낌새를 눈치채고 있었다는 건가요?"

"그렇습니다."

"이 고얀 것들……!"

자항은 침이 튀도록 몸을 부르르 떨었다.

황룡각은 육린의 지휘 아래 모두 육각(六閣)으로 구성된다. 하나의 각은 독립된 지휘 체계와 조직 구조를 가지며, 그들의 최종 의사권은 조직을 구성한 육린에게 귀속된다.

서로 간에 협조는 있을지언정 절대 개입은 못 하는 것이 사실이다.

하지만 그것에도 정도가 있는 법이다.

애초 무신련을 멸절 직전까지 몰아넣었던 작전이다.

만약 중간에 기왕이 탈출을 하고 기군이 배신을 하지 않았더라면 일이 이렇게까지 꼬이지도 않았을 것이다.

그런데 그걸 알고도 묵과했단 말인가?

"제아무리 공에 눈이 멀었다고 한들, 저들의 행패를 다 알면서도 모른 척하고 있었다니! 지금 당신들의 월권 행위로 얼마나 많은 피해가 있었는지 자각이나 하고 있나요? 이래서 한낱 강호 무뢰배들 따위를 믿어서는 안 되는 것이었어요!"

자항의 눈이 불길을 토한다.

"각오하세요들. 세 사람의 이 잘못은 내 황상께 단단히 일러바칠 것이니."

순간 그들 사이로 싸늘한 바람이 분다.

자항은 금방이라도 자신을 잡아먹을 것 같은 엄청난 살기 앞에서도 눈 하나 깜빡하지 않았다.

무공이라고는 양생법밖에 모르는 그이지만, 살벌한 정계에서 살아남아 제독태감에까지 오른 그다. 당연히 이런 살해 위협 정도는 밥 먹듯이 당해 봤기 때문에 우습기만 할 뿐이었다.

자항과 목종 사이로 불꽃이 튄다.

진성황은 손을 들어 중재했다.

"그만! 화를 내는 건 이야기를 모두 듣고 난 후에 해도 괜찮을 텐데?"

자항은 인상을 찡그렸다.

무신련 공략전 이후로 줄곧 진성황에게 밀리는 기분이다. 예전에는 자신이 하는 말에 별다른 토도 달지 않고 코뚜레에 걸린 소처럼 따라오던 자이건만.

물론 여기서 쉽게 넘어갈 자항이 아니다.

"아니요. 저런 속내가 시커매 도저히 짐작도 할 수 없는 자들과 이렇게 같이 있는 것부터가 잘못되었다고 봐요. 그렇지 않나요? 언제 저들이 우리들의 등에다 칼을 꽂을 줄 누가 아냔 말이지요."

말없이 듣고 있던 목종이 코웃음을 쳤다.

"무신련을 공략하지 못했던 건 그쪽이면서 죄를 남에게 전가하려 하는군."

"뭐라고요?"

자항이 발끈한다.

"틀린 말은 하지 않았다고 봅니다만. 어디까지나 이번 일을 책임지고 진행했던 것은 동창과 금의위. 우리는 뒤에서 당신들을 지원하는 것밖에는 하지 않았지요. 그러니 책임 소재를 운운한다면 일의 성공 거의 직전까지 갔으면서도 멍청하게 뒤통수나 맞는 그쪽이 문제가 아닌가?"

"이, 이, 이 고얀⋯⋯!"

"할 말이 있다면 어디 해 보십시오. 이쪽은 전혀 무섭지 않으니."

목종은 아예 대놓고 비웃음을 던졌다.

자항은 더 이상 참지 못하고 허공에다 소리를 질렀다.

"청강(青鱇)! 홍구(紅鷗)!"

강(鱇)은 두더지를, 구(鷗)는 갈매기를 뜻한다.

지반이 흔들리더니 청의를 입은 사내가 튀어나오고, 하늘에서는 기다란 그림자가 드리운다 싶더니 누군가가 툭 떨어진다.

청강은 회족들이나 입을 법한 터번을 눈만 남기고 모두 칭칭 감았고, 홍구는 자색 비단옷을 팔에 두르고 등에 사람보다도 더 큰 도끼를 매단 색목인이었다.

죽은 백상, 흑우와 더불어 나락인수 중에서 최고위를 달리는 자들이다.

청강은 등에서 도신이 굽은 월곡도를 꺼내 빠르게 지면을 긁는다. 홍구는 반대로 한 손에 도끼를 하나씩 짊어지고서 내려친다.

콰르릉!

대기가 세차게 긁히면서 마치 천둥 벼락이 이는 것처럼 엄청난 굉음이 불어닥쳤다.

세 개의 칼날이 목을 치고 들어오는데도 불구하고 목종은 눈 하나 깜빡하지 않았다.

도리어 냉소만 더 짙어질 뿐.

바로 그 순간, 여태 가만히 앉아 있던 노파가 이쪽을 향해 손을 뻗었다.

촤르륵!

검버섯이 가득 핀 손목에 감겨 있던 팔찌가 실타래처럼 풀리더니 앞으로 쭉 날아들었다. 검은색 채찍은 단숨에 월곡도와 두 개의 도끼를 세게 후려쳤다.

월곡도가 힘없이 부서져 내린다. 도끼는 자루가 잘려 나가 도끼날이 허공으로 튀어 올랐다가 아래로 떨어졌다.

툭! 툭!

도끼날은 아슬아슬하게 모용경의 발치에 떨어져 땅에 깊숙이 박혔다.

"쯧쯧! 잘한다, 잘해."

모용경이 가볍게 혀를 차는 동안, 노파는 풀었던 채찍을 도로 거둬들였다. 채찍은 언제 그랬냐는 듯이 노파의 손에 감겨 맑은 빛을 자랑하는 팔찌가 되었다.

노파는 두 나락인수를 제압하고도 별다른 반응을 보이기 싫은 듯 다시 눈을 꼭 감았다.

청강과 홍구가 잔뜩 노려봤지만, 이를 갈고 있는 자항이 별다른 명령을 내리지 않아 움직이지 않았다.

"제길!"

자항은 여기서 더 화를 내 봤자 득 되는 것이 없을 거란 생각에 다시 자리에 앉았다. 청강과 홍구는 나타났을 때처럼 다시 땅속과 하늘로 사라졌다.

"본래 귀병가의 본진을 치는 것은 동창의 일이었으나, 낭천막과 해남검문은 저들이 쉽게 끝나지 않을 것이라 판단하에 뒤를 쫓았습니다. 더불어 비슷한 시기에 기왕이 실종된 것을 확인, 곧장 추적에 들어가 독안대망이 아직 살아 있고 뒤에서 일을 꾸미고 있다는 것을 확인했습니다."

설명이 계속 이어진다.

"하지만 귀병가가 나선다고 해도 무신련 공략에는 큰 영향을 끼치지 못할 것이라 판단한 데다가, 이쪽에서는 기왕을 잡는 것이 최우선이라 생각을 하여 별다른 보고 없이 거기에 집중을 하게 되었습니다."

목종은 그 말을 하면서 슬쩍 자항을 봤다.

자항의 눈썹이 꿈틀거린다.

저 무언(無言)의 침묵 속에 숨겨진 말뜻을 어찌 모를까.

너희들이 처음부터 일을 제대로 처리하기만 했었어도 자신들이 나설 일은 전혀 없었을 거란 압박이다.

"그래서? 기왕은 잡으셨나?"

"물론."

*   *   *

무성은 가만히 눈을 감았다.

"이미 오래전부터 저들의 눈이 닿아 있었다고 봐야겠군."

아주 오랜 세월 강호의 음지에서 활약해 왔던 야별성에도 관부의 손길이 닿아 있었다면, 황룡각은 강호 무림이 예상하기도 전부터 이미 오랫동안 견제해 왔단 뜻이 된다.

그것이 얼마나 대단한 집념이고 끈기인지 잘 알기 때문에 무성은 심장 한편이 울렁였다.

자신 역시 처음엔 복수를 위해 이를 악물고 몸을 숨기고 있지 않았던가…….

그러다 무성은 고개를 번쩍 들었다.

"그럼 지금 우리 주변에도……?"

『놈들의 눈이 있을지도 모르는 일이지.』

무성이 눈을 가느다랗게 좁혔다.

무신련 내에도 황룡각의 끄나풀이 있다면.

대영반 진성황이 모습을 드러낼 때에도 모습을 비추지 않은 존재가 있다면.

과연 그는 누구란 말인가?

그리고 황룡각이 강호 전면에 나선 지금, 그들은 무슨 일을 꾸밀 것인가?

바로 그때였다.

"련주! 이보게 련주!"

그때 갑자기 무린을 찾는 석대룡의 목소리가 들렸다.

단순히 자리로 돌아오지 않고 뺑소니를 친 무성을 찾으러 다니는 모습이 아니라, 정말 긴박하고 초조함이 잔뜩 느껴지는 목소리다.

무성은 불안한 느낌이 들어 재빨리 공력을 일으켜 취기를 전부 날려 버렸다.

"무슨 일이십니까?"

"전서구가 도착했네! 그런데……!"

무성의 눈이 크게 떠졌다.

이런 시간에 전서구가?

"어딥니까?"

이미 네 명의 장로들은 머리를 맞대고 뭔가를 심각하게 고민 중이었다.

그들은 무성이 오자 다급히 일어섰다.

"왔는가?"

고황이 잔뜩 피로해진 기색으로 무성을 맞는다.

이곳으로 오면서 석대룡에게 듣기론 전서구를 받은 사람은 고황이라고 했다. 평소 술을 즐기지 않던 그는 이번 연회에는 참여하지 않고 빠졌던 것이다.

"대체 무슨 일입니까?"

"말로 하는 것보단 직접 보는 게 나을 걸세. 일단 전서구는 무당파에서 왔다네."

"무당파……에서요?"

무성이 위불성을 돌아본다. 위불성은 딱딱한 얼굴로 고개를 끄덕였다. 아무래도 일이 생겨도 단단히 생긴 듯싶었다.

무성은 당장 전서를 받아 읽었다.

보다 일찍 언질을 했어야 하는데, 이렇게 늦게 연락을 드려 너무나 송구스럽습니다. 기억하시겠습니까? 빈도는 초왕부에서 만났던 백산이라는 말코입니다.

무당파는 무성과 여러 가지로 인연의 끈을 지녔다. 무성이 벌인 일의 여파로 인해 멸문의 위기를 겪었고, 또 한편으로는 무성 덕분에 마지막 남은 맥을 유지할 수 있기도 했다.

백산 진인, 금호라는 속가명을 지닌 도사는 그렇게 쌓은 인연의 고리다.

구대 문파가 의천맹이라는 이름하에 묶인 이후, 봉문을 빌미로 가담을 하지 않은 본 파는 여러 가지로 불이익과 제지를 당하여 외부와 연락을 닿을 기미가 없었습니다. 아무래도 그 손길엔 황실도 더해진 것 같지만 증좌가 없어 확실히 말씀을 드리지 못하였습니다.

하지만 어떻게 간독 시주의 도움으로 물꼬를 트게 되어 이렇게 연락을 드릴 수 있게 되었습니다. 길게 설명할 시간이 없어 단도직입적으로 말씀드리겠습니다. 얼마 전에 본 파에 들어와 의탁을 부탁했던 기왕 전하의 소재가 아무래도 저들에게 들킨 것 같습니다……

'기왕의 소재?'

무성은 그제야 눈이 떠졌다. 그는 고개를 번쩍 들었다.

"간독!"

쉭!

허공에서 간독이 툭 떨어졌다. 다급하게 뭔가를 확인하고 왔는지 숨을 헐떡이고 있었다.

"무당파에 기왕 전하를 맡겼나?"

"아, 아바마마께 무슨 일이 생기셨나요?"

주설현의 눈이 커진다.

무성은 고개를 끄덕이면서 간독을 돌아봤다.

간독이 차갑게 답했다.

"그래."

"그럼 그쪽 상황은?"

"지금 급히 확인하고 오는 길이다."

"어떻게 되었지?"

간독은 잠시 대답을 하지 않고 주설현을 봤다.

주설현은 아랫입술을 질끈 깨물었다.

"말씀해 주세요. 지금은 그게 더 중요하니."

"무당파가 포위당했다. 낭천막에 의해서."

"낭천막?"

무성은 인상을 찌푸렸다.

잠시 이해가 가지 않았다.

황군이라면 모를까, 어째서 소속감도 부족한 낭인들이 무당파를 위협하는 거지? 혹시 황실에서 그들을 단체로 고용하기라도 했나?

하지만 곧 쉽게 이해가 갔다.

"……황룡각이로군."

황실을 수호한다는 여섯 개의 발톱.

"나도 이제야 알았다. 무림에서도 거의 신경을 쓰지 않는 낭인들에게 손길을 뻗치고 있을 줄이야. 황실이 이만큼 수완이 좋을 줄은 꿈에도 몰랐어."

간독은 자신의 눈길을 피했다는 사실이 마음에 들지 않는지 가볍게 혀를 찼다.

"저들을 막을 수 있을 것 같아?"

"불가능하겠지. 황실까지 더해진다면."

"아아!"

주설현의 다리가 후들거리더니 쓰러지려 한다. 다급히 시녀가 달려와 그녀를 부축했다.

"괜찮으십니까?"

"괘, 괜찮아요……. 그, 그럼 얼마나 버틸 수 있을 것 같나요?"

"길어야 보름."

"보름……."

주설현은 기왕부의 장수들을 돌아봤다. 당장 출진을 서두르라고 명령을 내리려 했다.

하지만 무성이 손을 뻗어 제지했다.

"기왕부가 움직여선 안 됩니다."

주설현은 '왜'라는 말이 턱밑까지 차올랐다. 하지만 무성의 대답은 냉정했다.

"황실에서 마음만 먹는다면 무당파는 보름도 안 되어서 무너질 겁니다. 하지만 저들이 왜 황군이 아니라 낭천막을 움직이는 거겠습니까?"

"아!"

"무당파에 기왕 전하가 계신다는 확실한 증거를 찾지 못한 겁니다. 무당파는 고관대작들도 즐겨 찾는 영험한 도관입니다. 그런 곳을 함부로 압박했다가는 민심을 잃기 쉽죠. 그래서 강호의 행사라는 명분을 들먹여 낭천막을 움직인 겁니다. 그런데 여기서 기왕부가 무당파로 움직인다면……."

"황군이 움직이겠군요."

주설현의 주먹이 부르르 떨린다. 그녀가 다급하게 묻는다.

"하지만 무신련이 나서도 결과는 똑같지 않나요?"

무신련 역시 기왕부와 똑같이 역적으로 내몰린 상황에서 무당파를 구출하긴 힘들다.

무성이 씩 웃었다.

"단체로 움직이기 힘들다면 소수로 움직이지요."

"네?"

"제가 가겠습니다."

"……!"

"련주!"

"그게 지금 대체 무슨 소린가! 위험하네!"

장로들이 놀란 나머지 크게 만류한다.

석대룡이 인상을 굳혔다.

"이쪽에서 소수로 구출대를 편성해 무당파로 보내겠네. 지금 련에 있어서 련주의 통솔이 가장 중요하다는 것을 잘 알고 있지 않은가?"

"아니요. 제가 갑니다. 아마도 황룡각은 단단히 준비를 해 뒀을 겁니다. 절대 쉽게 구출할 수가 없어요."

"하지만 자네 혼자서는……!"

"제가 왜 혼잡니까? 저도 동료가 있습니다. 안 그래?"

무성은 간독을 돌아봤다.

간독이 인상을 잔뜩 일그러뜨리며 투덜거린다.

"젠장! 이럴 때만 꼭 나를 부려 먹지!"

그래도 하지 않는다는 소리는 안 한다.

무성의 설명이 계속 이어졌다.

"더군다나 이번 일은 귀병가에서 한 일입니다. 그렇다면 귀병가에서 수습하는 것이 옳아요. 전 무신련주이면서도 귀병가주이기도 합니다. 절 보내 주십시오."

석대룡을 비롯한 홍운재 장로들은 침음성을 흘렸다.

석대룡은 고황을 돌아봤다. 자신은 언변이 부족하니 어떻게든 좀 설득해 보란 의미다. 고황은 고개를 절레절레 흔들었다.

천리비영을 찾았지만 어디로 갔는지 코빼기도 비치지 않는다. 그래서 조철산을 봤다.

조철산은 쓰게 웃었다.

"우리가 어디 련주를 한두 번 보나? 게다가 백가 놈도 한번 고집을 피우기 시작하면 답이 없었지, 아마?"

"젠장!"

석대룡은 바닥에 구르고 있던 애꿎은 돌멩이를 발로 걷어찼다.

그것이 승낙임을 깨달은 무성은 피식 웃다가 이내 진지하게 네 장로들에게 일렀다.

"그리고 네 분께는 따로 부탁드릴 게 있습니다."

"뭔가?"

석대룡이 입술을 이죽거린다. 그 모습이 마치 당과를 줬다가 뺏겨 토라진 아이 같아 무성은 저도 모르게 웃음이 났지만 꾹 참고 말을 이었다.

"날이 밝거든 병력을 이끌고 차례대로 감숙 기련산으로 이동해 주십시오."

"기련산?"

석대룡이 고개를 갸웃거린다.

조철산이 뭔가를 떠올렸는지 다급한 어조로 묻는다.

"자네, 그곳은……!"

무성이 무겁게 고개를 끄덕인다.

"예. 야별성의 성지(聖地)가 있는 곳이지요."

"……!"

"……!"

좌중이 모두 충격을 받았는지 금붕어처럼 입을 벙긋거린다.

그만큼 무성이 던진 말의 충격은 컸다.

갑자기 야별성의 본거지로 이동하라니!

수십 년 동안 치고받고 싸웠던 곳을 찾으라는 말은 당연히 여파가 클 수밖에 없다.

'괜찮지?'

『…….』

무성은 심연에서 자신을 보고 있을 녀석에게 질문을 던졌지만 대답은 돌아오지 않았다.

그는 그걸 무언의 긍정으로 받아들였다.

천마가 자신에게 깃든 이후로 무신련과 야별성은 임시로나마 동맹을 맺은 셈이다.

거절할 명분 따윈 어디에도 없다.

무엇보다 야별성의 본거지는 천혜의 요새다.

천하제일세 무신련의 엄청난 강공에서도 수십 년 동안 몸을 보호해 주며 나아가 덩치까지 불리게 해 줄 정도로 대단한 곳.

"황실이 또 언제 움직일지 모를 이 시기에 지금의 낙양은 위험만 부를 뿐입니다. 낙양은 사통팔달이 되어 있어 어디로든 진출하기가 용이하지만, 반대로 세력이 쇠할 때는 도리어 먹히기가 쉽습니다. 하지만 기련산은 사막을 접하고 있고 새외를 맞대고 있으니 황룡각에서도 쉽사리 접근하지 못할 겁니다."

"하지만 지금 당장 그곳을 찾으라고 한들……!"

"찾는 게 어렵지는 않을 겁니다. 이미 련에서는 그들의 근거지를 정확히 파악하고 있을 테니까요. 아닙니까?"

조철산은 꿀 먹은 벙어리가 되었다.

확실히…… 모를 수가 없다.

실제로 무신련에서는 대대적으로 거병을 일으켜 공략을 시도한 적도 있었다.

하지만 그때마다 번번이 실패의 쓴맛을 들이켰다.

"야별성이 모두 무너진 이때, 기련산으로 들어서는 것이 어렵진 않을 겁니다. 그러니 서둘러 움직여 주십시오. 황룡각에서도 아마 눈치를 금방 챌 테니까요."

황룡각에는 모용경이 있다. 야별성 출신인 그라면 기련산의 구조에 대해서 잘 알고 있으니 서둘러 점거를 마쳐야만 했다.

결국 조철산을 비롯한 네 장로들은 고개를 끄덕일 수밖에 없었다.

그들이 봐도 당장에 쓸 수 있는 가장 현실적인 방안은 그것이 전부였으니까.

"알겠네."

무성은 주설현을 보면서 웃었다.

"너무 걱정하지 마세요. 전하는 제가 무슨 일이 있어도 구해드리겠습니다."

"……네!"

주설현은 눈물을 훔치며 웃었다.

       *   *   *

"저희도 주군을 따르겠습니다."

이튿날, 새벽.

무신련이 모두 짐을 꾸리고 이동을 시작하기 전, 위불성을 비롯한 중마위군의 무사들이 무성을 찾았다.

"동행을 허락해 주십시오, 주군!"

"동행을 허락해 주십시오, 주군!"

모두 한쪽 무릎을 바닥에다 찍으며 부탁한다.

무성은 난감했다.

간독과 함께 최대한 조용히 움직이려고 했는데.

하지만 이들의 처지도 이해는 갔다.

중마위군은 대부분 무당파 출신의 인사들이다. 무신련의 등장과 함께 봉문을 선택했던 다른 구대문파와 다르게 무당파는 무신련에 적극 가담했다. 그 결과가 바로 중마위군이니 당연히 사문의 안위가 걱정된 것이다.

더군다나 위불성은 마음속에 짐을 지니고 있다.

무성을 오해하고, 그로 인해 시간 차가 벌어져 백율을 구하지 못했다는 죄책감.

그것을 털기 위해선 목숨까지도 바치려 한다.

그렇기 때문에 무성은 이들을 더욱 떼어 놓으려 했다.

'이대로 이들을 데려가면 더 위험해져.'

이들에겐 사문을 무신련처럼 만들어선 안 된다는 강박 관념이 심어져 있다. 이대로 무당파로 갔다가는 일만 그르칠 수 있다.

그래서 거절을 하려는데,

"주군께서 생각하시는 그런 일은 전혀 벌어지지 않을 겁니다."

위불성은 무성의 마음을 짐작한 듯 그렇게 고했다.

"주군께서 어떤 걱정을 하시는지 잘 압니다. 자칫 저희들이 일을 더 키울 수 있다고 생각하시는 것이 아닙니까?"

"……말하자면 그렇소."

"그래서 저희들을 더더욱 데려가셔야 합니다."

"어째서요?"

"주군께서 저희들을 떼어 놓으시겠다면, 저희는 무리에서 이탈해 독자적으로 움직일 테니까요."

무성은 이맛살을 찡그렸다.

"협박이오?"

"아닙니다. 사실을 있는 그대로 말씀드리는 것일 뿐입니다. 더군다나 전력이 어느 정도 있어야 작전을 짜시기에도 용이하지 않겠습니까?"

"……."

"우려하시는 일은 절대 벌어지지 않을 것입니다. 저희들이 바라는 것은 오로지 사문의 생존뿐. 하지만 그로 인해 이성을 잃거나 돌발적인 행동은 절대 보이지 않을 것입니다. 저희는…… 자랑스러운 무당파의 제자니까요."

위불성이 말에 힘을 준다.

"더군다나 저희는 중마위군. 련주의 안위를 지켜야만 하는 호위대가 아닙니까?"

무성은 더 이상 막을 수가 없었다.

    *   *   *

이튿날, 새벽.

대량의 무리들이 무신련을 빠져나가기 시작했다.

총 삼군(三軍)으로 나뉜 병력들은 서로 다른 길을 이용해 서진(西進)을 시작했다.

일군은 산서의 황토고원을 경유하여,

이군은 황하를 따라서,

삼군은 대별산맥을 넘어서 이동했다.

이것은 모두 뒤따라서 쫓아올지 모르는 관군과 황룡각의 추격을 따돌리기 위해서였다.

가장 무위가 강한 고수들이 결집된 일군은 되도록 평원에 서 적을 맞아 무찌르길 바랐으며, 이군은 황하라는 협소한 지형을 이용해 적을 상대할 생각이었다. 비교적 대군(大軍)보단 소군(小軍) 편제로 운영되던 삼군은 험한 산맥 지형을 이용해 서 적을 각개격파할 속셈이었다.

어떻게 보면 한데 뭉쳐도 시원찮을 판에 군을 세 개로 쪼개 서 반격을 당할 가능성이 크지 않을까 하는 우려도 있을 터였 다.

하지만 무신련은 군졸이 아닌 무인의 집단이다.

응집된 병력보다는 소수 정예로 나눴을 때 그 힘이 더 크게 빛을 발하는 법이니 큰 걱정은 하지 않았다. 더군다나 싸움은 피할 수도 있지 않은가.

물론 이것을 가만히 두고 보고 있을 황룡각이 아니다.

자항은 즉각 동창에게 명령을 내려 관군을 움직여 감숙으로 향하는 길목을 모두 점거하라 일렀다.

탈출을 시도하려는 이들과 그물을 치려는 이들.

둘의 싸움은 이제부터가 시작이었다.

*   *   *

삼군이 서진을 시작할 무렵.

무성은 간독, 중마위군과 함께 남진(南進)을 시작했다.

"기왕 전하를 무당파에 모셨다고 그랬지?"

"어."

"그런데 대체 무당파가 언제 화산파에서 다시 무당산으로 돌아간 거야? 혹시 이것과 관련이 있나?"

간독은 씩 웃었다.

"여전히 눈치가 빠르구나, 애송아."

"역시……."

무성은 고개를 절레절레 흔들었다.

귀병가에 의해 큰 타격을 입고 난 후, 무당파는 화산파에 어쩔 수 없이 기탁을 해야만 했다. 그 갈등은 초왕부에서도 여지없이 드러났다.

그런데 그사이 무당파가 다시 본산으로 돌아가는 일이 발생했다.

그 배경에 간독이 있었던 것이다.

제아무리 귀병가가 음지에서 날고 긴다고 해도 황룡각의 눈을 완전히 벗어날 수는 없는 법.

여기에 간독은 편법을 이용한 것이다.

귀병가에 원한을 갖고 있으면서 동시에 은혜를 입은 곳. 그러면서도 황실과 황룡각의 의심을 잠시나마 피할 수 있는 곳.

그렇다면 당연히 무당파밖에 없지 않은가.

"너와 백산 진인의 관계를 전해 듣고 따로 부탁해 보았다. 다행히 들어주더군. 본산으로 돌아간다는 명분으로 남하하는 무리에 슬쩍 기왕을 꼽사리 끼웠지."

간독은 자신이 생각해도 대단했는지 웃다가 살짝 인상을 찡그렸다.

"그런데 도대체 어디서 새어 나간 건지 모르겠단 말이지. 황룡각에서 이 사실을 정확하게 파악하려면 시간이 걸릴 텐데. 너무 빨라."

간독의 눈빛이 차갑게 반짝거린다.

구멍이 생겼다.

정보 단체의 활동에 구멍은 크나큰 결함이다.

"귀병가 내에 생긴 구멍인가?"

"내가 그 정도로 어수룩해 보이냐?"

간독은 단호하게 고개를 저었다.

귀병가는 전혀 문제가 없다는 듯.

"그럼 무당파?"

"그렇게 봐야겠지."

"확실히…… 여전히 우리에게 원한을 가진 사람이 있을 테니까."

무성은 가슴이 무거워졌다.

이것은 모두 자신의 업(業)이다. 자신이 반드시 짊어져야만 하는 업.

"초왕부에서 도움을 주고받았다고 하더라도 모두 네게 은혜를 입은 건 아니니까 말이지. 아니면 황실이나 조정과 관련이 있는 제자가 있을 수도 있고."

하지만 무성과 다르게 간독은 심드렁한 표정이었다. 이런 일은 전혀 신경 쓰지도 않는다는 듯.

"그보다 지금 중요한 건 앞으로 어쩔 것이냐가 아니냐? 따로 작전이라도 있나? 아니면 무신련을 단순히 미끼로 쓸 생각이냐?"

서진을 하는 무신련. 당연히 황룡각을 비롯한 황실, 조정,

심지어 강호까지.

천하의 모든 시선이 그쪽으로 쏠릴 수밖에 없다.

성동격서(聲東擊西)의 계(計)인 것이다.

하지만 무성은 고개를 가로저었다.

"성동격서를 이용하긴 할 거야. 하지만 조금 달라."

"어떻게?"

"저들의 시선을 서쪽뿐만 아니라 우리 쪽에도, 그리고 다른 쪽으로도 분산시켜야지."

"……?"

간독은 또 무성의 생각을 알지 못해 살짝 이맛살을 찌푸렸다.

그래서 뒤에서 조용히 따라오던 위불성을 돌아봤다. 당신은 뭘 알 것 같냐는 눈빛이다. 하지만 위불성 역시 고개를 저었다.

"대체 무슨 수를 쓰려고?"

무성은 간독의 궁금증에도 아랑곳하지 않고 미소만 지었다.

그럴수록 간독은 더더욱 뭔가 찜찜했다.

간독의 찜찜함은 결국 현실로 드러났다.

"……시선을 분산시킨다는 게 이런 뜻이었냐?"

그들이 도착한 장소는 낭천막의 분타였다.

낭천막은 모든 낭인들을 의뢰자와 연결해 주는 중간 다리.

덕분에 주머니가 궁핍한 수많은 낭인들이 일거리를 찾으러 모여든다. 그러다 돈을 벌게 된 낭인들은 쓸 곳을 찾게 되고, 돈 냄새를 맡은 상인들도 모여든다. 여기서 낭인들은 목숨을 빚져 번 돈이기 때문에 쾌락을 위해 쓴다. 돈을 흥청망청 쓰고 나면 당연히 다시 생계와 유흥비를 벌기 위해 낭천막을 찾게 된다.

이러한 구조는 자연스레 전국 각지에 설치된 낭천막 주변에 커다란 하나의 시장(市場)을 형성하게 된다.

낭인들은 절대 낭천막을 벗어날 수 없다.

이제 의뢰자들도 구태여 개인적으로 낭인을 구하지 않는다. 수수료가 붙어 더 비싼 값을 치르더라도 안전과 신용이 있는 낭천막을 통하려 한다.

결국 낭인들은 낭천막이 아니면 돈을 벌 수 없다. 더군다나 시장도 주변에 마련되어 있으니 굳이 낭천막을 벗어날 필요가 없다.

하지만 여기에 타격을 가하게 된다면?

낭천막이 없는 낭인은 절대 생각할 수도 없다.

돈을 벌 수 있는 직장을 하루아침에 잃게 되는 셈이며 시장에도 발을 못 붙이게 된다.

낭인들은 오로지 이익과 쾌락만을 좇는 존재들.

그들에게 충성을 요구할 순 없을 테니, 당연히 낭천막의 파괴는 무당파를 둘러싼 낭인들의 와해로 이어진다.

문제는 평상시에 각 낭천막에는 방어를 위한 최소한의 병력을 남겨 뒀을 테지만, 지금은 전력 대부분이 빠져나가 거의 텅 빈 상태일 터.

하물며 무당파가 있는 호북과 가까운 하남이라면 더더욱 정도가 심하다.

간독은 무성의 그런 노림수가 읽혔다.

"단 하루 사이에 그걸 다 계산한 거냐?"

무성은 다시 말없이 웃는다.

간독은 고개를 절레절레 흔들었다.

'한유원, 이놈은 이제 괴물이 되었다. 세상이 그렇게 만든 것이 아니라 스스로가 그렇게 되었어.'

자신의 것을 지키기 위해 괴물이 된다.

무성은 이제 더 이상 행보에 거침이 없었다.

천하가 적으로 돌아선 이때.

분명 위험한 형국에 놓인 것은 무성일 텐데도, 간독의 눈에는 도리어 천하 전체가 더 위험해 보였다.

이 위기를 극복하고 난다면 무성은 대체 얼마나 높이 날아오를 텐가.

"그럼 시작하자."

무성은 조용히 영검을 뽑아 낭천막으로 돌진했다.

쉭!

그 뒤를 간독과 중마위군이 따랐다.

댕댕댕─!

"적이다!"

"기습이다!"

낭천막은 금세 혼란이 벌어졌다.

주변에 형성된 시장은 갑자기 화재가 일어나 들불처럼 번지고, 낭천막 안쪽으로는 칼바람이 불어닥쳤다.

새벽달에 기대어 잠을 자고 있던 낭인들은 갑작스러운 기습에 헐레벌떡 자리에서 일어났지만, 날아오는 칼에 여지없이 목이 달아났다.

낭천막 내 무성 등을 막을 사람은 어디에도 없었다.

이미 일급 이상 고수라 할 만한 자들은 대개 무당산으로 이동한 상태.

여기 남은 이들은 이급 이하의 잔챙이들밖에 없다.

그런 반면에 중마위군은 무당파 출신으로서 무신련 내에서도 손꼽히는 고수들이 아닌가.

낭인들에게는 너무나 높게만 보였던 존재들이다.

결국 낭인들은 도주를 시도했다.

어차피 그들에게 낭천막을 지켜야 하는 의리 따윈 어디에도 없었다.

하지만 중마위군은 끈질겼다.

만약 검이나 도를 패용한 자가 눈에 띄면 악착같이 뒤쫓아서 벴다.

결국 무기가 자신의 목숨 줄을 위협한다는 사실을 깨달은 낭인들은 병장기를 모두 바닥에다 내버리고 줄행랑을 선택했다.

신기한 점은 낭천막과 주변 시장이 철저히 파괴되면서도 일반 상인과 같은 민간인들 중에 위해가 가해진 자는 아무도 없다는 점이었다.

결국 분타가 모두 불에 타올라 황량한 재만이 남았을 때, 그 자리엔 커다란 방문(榜文)만이 하나 붙었다.

무신련의 이름으로 고하니,

지금부터 낭천막은 우리들의 적이다.

第六章

낭천막(狼天膜)

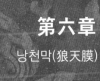

　"들었는가? 무신련이 서쪽으로 이동하고 있다더군."

　제사 차 회의에서 진성황은 오늘 아침에 전서구로 날아온 소식을 다른 다섯 명의 각주들에게도 일렀다.

　"서쪽? 장성(長城)이라도 넘으려 하나?"

　"확실히 새외라면 황실의 손이 닿기 힘들 테니……."

　"놈들이 옥문관을 넘기 전에 제지를 해야 하는 것 이닌가 요?"

　자항이 눈살을 살짝 좁혔다.

　일 차 회의에서 목종의 낭천막이 기왕의 소재지를 파악해 이미 포위망을 갖췄다는 말을 듣고 난 후부터 그는 더 이상

회의에서 크게 의견을 드러내지 않았다.

오랫동안 정치 생활을 해 왔기 때문에 치부와 약점이 드러났을 때는 이것을 최대한 숨기고 자세를 바짝 낮춰야 한다는 걸 잘 안다. 그러다 기회가 드러나면 폭풍처럼 휘몰아쳐서 반격을 꾀해야 한다.

지금은 간을 볼 시기. 퉁퉁한 얼굴에 상대적으로 작은 눈은 쉴 새 없이 돌아간다.

그때 모용경이 피식 웃었다.

"장성을 넘으려는 게 아닙니다."

"그럼 뭐란 말인가요?"

자항은 눈을 가느다랗게 좁힌다.

열흘 가까이 네 번에 걸친 회의를 거치면서 가장 눈에 거슬리는 존재를 꼽으라면 모용경을 말할 수 있다. 신경전을 벌인 상대는 목종이라지만, 녀석의 뒤에 모용경이 있다는 사실은 바보가 아닌 이상에야 뻔히 알 수 있었다.

"감숙에 뭐가 있는지 그새 잊으셨습니까?"

"그딴 변방에 있긴 뭐가 있단…… 으으음. 아니군요. 호오! 과연. 적의 적은 아군이라는 건가요?"

자항은 화를 내려다가 뭔가를 깨닫고 다시 서신으로 눈길을 내렸다.

입가에 웃음꽃이 번진다.

무신련이 야별성과 손을 잡으려 한다니!

자항도 야별성의 본거지가 감숙 기련산에 있다는 것쯤은 알고 있다.

그런데도 바로 이 사실을 깨닫지 못한 것은 무신련과 야별성의 오랜 관계 때문이었다.

"과연 근본이 없는 천한 것들이로군요. 서로가 그렇게 수십 년 동안 물어뜯기에 바쁘더니 결국 위기에 내몰리니 그새 입을 싹 닦고 손을 잡는 꼴이라니. 배알도 자존심도 없는 놈들이에요."

"그들에겐 생존이 가장 급선무이니 그렇지 않겠습니까?"

"그나저나 정말 비렴(蜚蠊, 바퀴벌레)같은 것들이로군요. 누르고 또 눌러도 살아나는 꼴이라니. 이번에는 정말 제대로 약을 쳐야겠어요."

"그래서 우리가 지난 열흘 동안 별다른 행동도 없이 가만히 앉아 저들이 어떤 반응을 보일지 확인하려 했던 것이 아닙니까?"

모용경이 말했다.

이미 황룡각의 육각은 모든 전열(戰列)의 정비가 끝났다. 그런데도 아직 쉽게 움직이지 않는 것은, 무신련의 차후 행동을 확인하기 위해서였다.

처음 황룡각의 기습이 성공할 수 있었던 것은 야별성을 앞장세웠던 것도 있지만, 저들이 전혀 예상치도 못할 때 나섰다는 이점이 가장 컸다.

하지만 무신련은 이제 새로운 적이 누군지 확실히 자각하고 있다.

썩어도 준치라고, 한때 강호를 지배하던 곳이다.

당연히 수뇌부가 무너지지 않은 이상에야 어떤 반격을 꾀하려는 게 당연할 터.

황룡각은 저들의 노림수를 확인할 필요가 있었다.

그래서 육각의 여섯 주인들은 일 차 회의에서 기왕의 소재지 파악이 끝났다는 것을 확인하고, 이어지는 이 차와 삼 차 회의에서 의견을 조율해 다음과 같은 결과를 도출했다.

기왕을 미끼로 삼아 무신련의 노림수를 읽는다.

이미 기왕부의 병력이 무신련과 동맹을 맺고 있으니 절대 기왕을 버릴 수가 없다. 어떻게든 무당파로 움직이려 할 테니 여기에 맞춰서 새롭게 작전을 짠다는 것이다.

그런데 저들이 내놓은 결과는,

"도망이로군요. 기련산에 틀어박혀 차후를 기약하겠다는 건가? 하지만 그렇다고 해서 기왕을 버릴 수는 없을 텐데?"

자항이 고개를 갸웃거린다.

보통 황실이라면 때론 황제를 버리는 것도 가능하다. 황족 중에서 능력 좋은 자를 뽑아 옥좌에 앉히면 그만이니까. 실제로 그런 선례도 몇 번 있다.

하지만 기왕부는 이야기가 조금 다르다.

벽해공주 주설현은 한때 여호장군이라는 별칭을 얻었을 정도로 유목민들의 군단을 홀로 누벼 기왕을 구했을 정도로 엄청난 효녀이자 열녀이다.

그런 그녀가 아비를 포기할 리가 만무하다.

"거기에 대한 반응이 바로 이것이다."

그때 진성황이 새로운 서신을 앞으로 내밀었다.

"이게 뭔가요?"

"어젯밤에 각 낭천막에 걸렸다는 방문이다."

"호오?"

자항은 방문을 슬쩍 읽더니 입꼬리를 말아 올렸다.

"말로 하는 것보단 직접 보는 게 낫겠지요."

자항은 방문을 모용경이 아닌 목종에게 건넸다. 입가에 맺힌 미소가 짙어진다. 기분이 좋은 태도를 전혀 숨길 생각이 없다.

반면에 목종은 인상을 살짝 찡그렸다.

"무신련의 이름으로 낭천막을 적으로 삼는다?"

"푸하하하하! 천하의 이목을 무신련이나 무당파가 아니라 낭천막, 그 자체로 돌리겠다는 것이로군! 과연! 진무성, 그 친구가 할 만한 일이야."

모용경이 파안대소를 터뜨렸다.

강호인들의 시선은 무신련으로 향한다. 그것이 가장 큰 소란이기 때문이다. 반면에 낭천막에 대해서는 전혀 무지하다. 강호에 발에 차일 정도로 많다고 여겨지는 것이 낭인이기 때문이다.

하지만 이것을 분산시킬 수 있다면 두 가지 이득을 취할 수 있다.

"황룡각의 전력을 나눌 뿐만 아니라, 무신련을 둘러싼 일들의 배경에 대해서도 천천히 흘릴 셈인가……. 자칫 잘못하면 강호, 그 자체가 등을 돌릴지도 모르겠어."

무신련이 붕괴되면서 강호인들은 여러 가지 행동을 보인다.

거대한 문파가 사라졌다는 사실에 놀라면서도 어쩌면 자신이 무신련의 빈자리를 채울 수 있을지도 모른다는 희망을 갖게 된다.

그 때문에 구대문파도 다시 그 자리를 꿰차기 위해서 의천맹을 구성한 것이 아니었던가.

사실상 무신련이 왜 무너졌는지에 대해서는 전혀 궁금해하지 않는 것이다. 갖는다고 해도 소수일뿐더러, 대부분 강호의 높은 직급에 있는 사람들이니 이 기회를 이용하려고만 할 뿐,

겉으로 사실을 드러내지 않는다.

하지만 이 물꼬를 살짝 틀 수만 있다면.

사람들이 배경에 의문을 느끼게 만든다면.

그리고 그 배경이 황실이라는 것을 알게 된다면.

황실이 황룡각이란 조직을 만들어 아주 오래전부터 암중에서 강호를 조종하려던 사실을 알게 된다면.

"……그때는 돌이킬 수 없는 파국으로 치닫게 되겠지요."

자항은 그런 결과를 떠올리기도 싫은지 인상을 잔뜩 찡그렸다.

관과 무림은 불가침이라는 규율을 깨뜨리게 된다면 얼마나 많은 협사(俠士)들이 분개하여 일어나게 될 것인가. 강호가 양지로 드리우는 순간, 세상은 혼란에 빠진다.

그리고 그때는,

"본 맹의 자리도 위험해지게 되니, 절대 그런 일이 벌어져서는 안 됩니다."

이학산 역시 자못 심각하게 인상을 좁혔다.

이제 막 무신련의 자리를 대체하려는 의천맹이 이번에는 여론의 뭇매를 맞고 다시 차후를 기약해야 할지도 모른다.

아니, 그때는 정말 구대문파 자체가 사라질지도 모르는 일이다.

묵묵히 의견을 모두 듣던 진성황이 다시 말한다.

"이제 무신련의 방향도 어느 정도 가닥이 잡힌 것 같으니 이쪽에서도 대책을 강구하도록 하지."

*　　　*　　　*

곳곳에 설치된 낭천막들은 매일 알 수 없는 습격을 받고 시장이 불에 탔다.

이튿날이 되면 칼을 든 낭인들은 전부 주검으로 발견되고, 칼을 바닥에다 버린 자들은 살아남는 행태가 번번이 이어졌다.

이런 현상은 하남에서만 벌어진 게 아니었다.

섬서와 감숙을 비롯해서 산서, 하북, 산동 등 강북 지역을 비롯해 천천히 강남 쪽으로 남하해 전국 각지에서 동시다발적으로 벌어졌다.

덕분에 강호 곳곳에서 똑같은 내용을 가진 방문을 확인할 수 있었다.

낭천막을 벌하겠다는 내용의 글.

이미 강호 전체에 걸쳐 무신련은 와해가 된 것이 아니냐는 의견을 주를 이뤘고, 황군에 대항할 용기가 없으니 힘없는 낭인들을 괴롭히는 게 아니냐는 핀잔도 같이 날아들었다.

하지만 낭천막을 급습하는 괴한들의 움직임은 쉬질 않았

다.

제아무리 방비에 신경을 쓰더라도 겁화를 절대 피할 수가 없었다.

과연 제 살길 급급한 무신련에게 아직도 이 정도의 거국적인 움직임이 가능한가? 그렇다면 그들은 왜 하필 낭천막을 공격하는가? 어쩌면 이것은 무신련의 이름을 판 또 다른 세력이 저지른 짓은 아닐까?

하루에도 수십 번씩 호사가들 사이에는 의문을 풀기 위한 의견들이 입 위를 오르내렸다.

또 다른 누군가는 무신련이 이미 서쪽으로 이동하고 있는 와중에 어떻게 낭천막을 공격하겠는가, 게다가 황실과 관부를 상대하는 것만 해도 급급할 무신련이 괜히 낭천막과 부딪칠 이유가 있겠냐는 등의 이유를 내세우기도 했다.

결국 어느 것 하나 결론이 나지 않은 채 혼란은 강호 전국을 뒤덮었다.

한 가지 확실한 것은 더 이상 낭천막에 상주하려는 낭인들이 더 없다는 점이었다. 낭천막이 그들을 보호해 주지 않은 이상 필요가 없었다.

무신련에 이은 낭천막의 몰락.

강호에 새로운 폭탄이 터지고 말았다.

"갈수록 심해지는군."

목종은 황룡각 회의를 끝내고 수하들과 함께 무당산으로의 이동을 시작했다.

처음으로 낭천막을 만들고, 모든 낭인들의 왕이라고 칭송을 받는 그가 빠져서야 지금 낭천막 전체에 퍼진 혼란을 수습할 수가 없다.

"내가 예전부터 말했잖아? 정말 재미있는 친구라고 말이야. 하하하하핫!"

같이 뒤따라 걷던 모용경이 크게 웃는다.

목종은 잠시 걸음을 멈추고 모용경을 돌아봤다.

"왜? 할 말이라도 있나?"

"해남검제께서는 초왕부에서 혈붕에게 한 번 패배를 했다고 들었소만."

모용경의 얼굴이 와락 일그러진다.

"패배가 아니야. 어디까지나 양보지."

뒤에서 묵묵히 따르던 해남검문의 무사들이 하나둘씩 툭툭 투덜거렸다.

"그게 그거지."

"저 봐, 저 봐. 끝까지 인정 안 하지. 서러고도 남자냐?"

"우우우우! 고추가 부끄럽다. 그냥 떼라!"

"이것들이 진짜?"

모용경이 도끼눈을 뜨면서 뒤를 노려본다. 해남검문 사람들은 전원 모른 척 시선을 돌리며 딴청을 해 댔다.

"하여간 도움이 안 돼요. 저것들을 정말 수하들이라고 데리고 다니는 내가 불쌍하지, 불쌍해."

해남검문은 낭천막을 도와 무당파로 오는 자들을 상대하는 것으로 가닥이 잡혔다.

그들은 전부 낭인으로 신분을 위장했고, 실제로도 대부분이 해남도로 넘어가기 전에 낭인 출신이었다.

"하여간 길 잘 닦아 놓고 기다리고 있자고. 나도 간만에 그 친구 볼 생각을 하니까 가슴이 두근거리니 말이지."

목종이 지긋이 응시하며 묻는다.

"다시 혈붕과 싸울 생각이십니까?"

목종은 속으로 모용경을 존경했다.

비록 같은 황룡각 각주로서 계급도 같고 나이도 자신보다 어리지만, 자신을 너무나 쉽게 꺾었을 정도로 강한 남자다.

그때 꺾인 것은 단순히 무위만이 아니다.

마음도 꺾였다.

그의 눈에 비치는 모용경은, 무(武)와 심(心)과 신(身)이 전부 완벽한 사람이었다.

그런 그를 한낱 혈붕이 이겼다는 게 아직도 믿기지 않는다.

"아, 내가 말하지 않았나? 내가 야별성에서 황룡각으로 자리를 갈아탄 이유.”

“없으십니다.”

“그랬나? 아, 이거 그냥 말하기 부끄러운데.”

모용경은 뒷머리를 벅벅 긁더니 씩 웃었다.

“간단해. 녀석과 다시 한 판 붙어 보려고 그런 거야.”

“……!”

*   *   *

푸드득!

비둘기 세 마리가 동시에 간독의 손아귀를 벗어나 하늘 위로 힘차게 날아오른다.

“호남 지역의 모든 낭천막이 정리되었다.”

위불성이 말했다.

“그럼 이것으로 하남, 안휘, 강서, 호남 등 호북을 둘러싼 대부분의 성들이 정리되었군요. 사천이 남아 있긴 하지만 그곳은 오래전부터 청성과 아미파, 만독부로 인해 낭인들이 힘을 크게 뻗지 못했던 곳이니…….”

“이것으로 일단 낭인들의 손발을 전부 잘랐단 뜻이지.”

간독이 씩 웃으면서 무성을 돌아봤다.

“이미 보고로는 호북 내 낭인들 사이에도 갑론을박이 꽤 많은 모양이더라. 뒤숭숭하겠지. 자신들의 배경이 활활 타고 있다는데. 거기다 보급이 원활할 거란 보장도 없고 말이야."

무성이 고개를 끄덕인다.

"수고 많았어."

무성 등이 분신술이나 축지법을 쓸 수 있는 것도 아닌데 갑자기 전국 각지에서 낭천막을 이렇게 동시다발적으로 정리할 수는 없는 일이다.

무신련조차 감숙으로 서진을 하고 있을 때, 그들이 쓸 수 있는 팔은 딱 하나뿐.

귀병가.

간독은 음지에 숨어들어 때만을 기다리고 있던 귀병가 전체에 가주령(家主令)을 내렸다.

덕분에 귀병가의 인력이 전체적으로 움직여 낭천막의 각 지부를 치고, 방문을 붙이고, 소문을 퍼뜨렸다.

무신련은 절대 무너지지 않았다!

무신의 후예가 있는 한 무신의 전설은 계속 이어진다!

창붕!

이미 무성에 대한 소문은 급속도로 강호에 퍼졌다.

홀로 무신련에 대적하고 그들을 궁지로 몰아넣었으나, 종국에 무신의 제자가 되어 무신련을 구한 일세의 영웅.

초왕부를 비롯한 역적들의 음모와 발호를 홀로 격파해 낸 사내.

무신련의 부흥을 꿈꾸는 창붕은 이미 파란을 넘어 전설을 이뤄 가는 중이었다.

무성은 이러한 여론 조작에 난색을 표했지만, 간독은 코웃음을 치면서 강행했다.

창붕은 이제 강호 무림을 이끌어야 할 영도자다.

그런 그에게 반항하면 어떤 보복이 가해지는지는 똑똑히 가르쳐 줘야 한다는 게 간독의 생각이었다.

"이제야 이 몸의 위대함을 알겠느냐, 애송아?"

간독이 팔짱을 끼면서 오만하게 턱을 들어 올린다.

위불성이 눈살을 찌푸렸다.

"말씀이 너무 과하시오."

"뭐래, 이놈은?"

"이분은 무신련주이시오. 아무리 개인적으로 친하시다고 한들, 말씀에 예의를 갖춰 달란 뜻이오."

간독이 콧방귀를 꼈다.

"싫다면?"

"……"

위불성이 말없이 허리춤으로 손을 가져갔다.

간독도 하나밖에 없는 왼팔을 풀어 소매에 들어 있던 비수를 꺼냈다.

"어쭈? 이제 숨통도 좀 트였겠다, 본색을 드러내시겠다는 건가?"

"그쪽이……!"

"둘 다 그만."

무성은 탁 끼어들면서 둘을 제지했다. 엄청난 압력이 두 사람의 머리 위로 쏟아졌다.

'크! 무슨 놈의 기운이!'

간독은 소매를 도로 소맷자락 안으로 밀어 넣으면서 한 발 물러섰다.

위불성도 허리춤에서 손을 풀었다. 금세 이마에 식은땀이 송골송골 맺힌다. 간독과 비슷한 생각을 한 모양이다.

얼마 전부터 무성을 둘러싼 기운이 달라지고 있다.

보다 깊어지고 무거워지는 느낌이다.

대체 무슨 수를 썼는지 모르겠다.

눈치로 봐서는 진성황과 한 차례 충돌을 한 이후로 뭔가 자극받은 것이 있어 그걸 정리한 듯 보이는데…… 그 속도가 장난이 아니다.

'저렇게 높이 올라가고도 또 올라갈 데가 있는 거냐? 하! 정말 신기한 놈일세?'

이쯤에 와서는 무성이 정말 대단한 건지, 아니면 혼명이 지닌 잠재력이 대단한 건지 구분이 가지 않을 정도다.

아니, 어쩌면 둘 다라서 더 크게 빛을 발하는 것일지도.

하여간 무서우면서도 한편으로는 마음이 든든해진다.

무성은 간독을 노려봤다.

"이제 무당산에 거의 도착했어. 그런데 적진을 코앞에 두고 싸울 생각이 나?"

간독은 슬쩍 고개를 옆으로 돌렸다.

무성은 이번에는 위불성을 봤다.

"위 군주도 그만하시오."

"제가 생각이 짧았습니다."

"저들도 어느 정도 우리들의 동향을 읽었을 테니 대비책을 마련해 뒀을 것이오. 더불어 내부 정비도 어느 정도 철저하게 했을 터. 그걸 뚫을 방안을 모색해야 하오."

일행은 모두 고개를 끄덕이며 고개를 슬쩍 돌렸다.

저 멀리 일흔두 개의 봉우리가 서서히 보이기 시작했다.

무당산이 위치한 균현이 보이기 시작한다.

"확실히 네 말대로 저들도 바보는 아니어서 현재 균현 지역에는 철저한 통제가 이뤄져 있어. 그 탓에 귀병가가 접근하기가 상당히 까다롭다."

간독의 말에 무성은 피식 웃었다.

"하지만 해 뒀겠지?"

"하! 나에게 면박을 줄 땐 언제고 그렇게 당당한 거냐?"

"네 능력을 믿으니까."

"하여간 주둥이만 터져서는! 아오! 한가 놈이 세상에서 제일 잘못한 건 아마 네놈한테 그 주둥이질을 가르친 걸 거다!"

무성의 미소가 짙어진다.

간독은 부정을 하질 않았다.

만족하지는 않아도 무당산 주변에 어느 정도 끄나풀을 심어 놨단 뜻이다.

무성은 위불성에게 명했다.

"계획대로 여기서부터는 분대(分隊)로 움직여야 하오."

위불성을 비롯한 중마위군은 무겁게 고개를 끄덕였다.

균현 내로 들어서게 되면 그들은 철저한 낭인 무리로 위장해야 했다.

계획은 어느 정도 수립되었다.

오로지 기왕의 구출에만 특화된 계획이.

"어디로 모이면 되겠습니까?"

무성은 당연하지 않느냐는 투로 씩 웃었다.

"무당산."

중마위군은 수십 개 조로 분리되어 일부는 이곳에 남거나, 일부는 균현으로의 잠입을 시도했다. 일단은 척후를 통해 저

들의 전력 규모나 균현의 여론 등을 상세하게 파악할 필요가
있었다.

무성 역시 간독과 함께 개인적으로 움직였다.

균현은 생각 외로 사람들이 많았다.

허리춤에 칼을 패용한 자들이 저잣거리 곳곳을 누비고 다
니는 장면을 쉽게 볼 수 있다.

일반 백성들과 상인들은 그런 낭인들을 살짝 두려워하는
기색으로 보고 있으면서도 크게 개의치 않아 했다.

어느 정도 이런 환경에 익숙해졌단 뜻이다.

무성과 간독은 허름한 차림을 하고서 일반 백성으로 위장
해 그들 사이로 자연스럽게 녹아들었다.

다행히 무성은 영검을 쓰면서부터 무기를 따로 소지하지
않았고, 간독도 주무기인 비수를 숨길 수가 있다.

거기다 둘 다 실력이 겉으로 크게 드러나지 않는 혼명을 익
혀서 굳이 기운을 갈무리하는 데 힘을 들일 필요가 없었다.

"보통 낭인들이 아니야."

무성은 백안을 뜬 채로 길거리를 지나는 낭인들을 일일이
살폈다.

단전이 묵직한 자들이 많다.

보통 낭인들이 제대로 된 내공심법을 익히지 못해 내공이
일천하다는 것을 감안한다면, 대게 명문정종의 출신이란 뜻

이 된다.

"그거야 낭인들 중에 고수란 고수들은 죄다 끌어모은 모양이니까. 거기다 의천맹인가 하는 놈들도 어느 정도 손을 보탠 것 같다."

낭인들이라고 해서 하수들만이 있는 게 아니다.

대부분이 그렇다는 것일 뿐, 고수들도 제법 많다.

각 문파에서 죄를 지어 파문된 제자들, 온갖 전선을 누비며 싸운 병사들, 수배가 걸린 공적들까지 신분도 과거도 다양하다.

그런 자들은 특별히 일급으로 분류되어 상당한 몸값을 자랑한다.

특히 낭인들의 왕이라 불리는 목종의 경우는 한때 삼존과도 견줄 만한 게 아니냐는 말이 나왔을 정도로 대단했다. 몸값도 천문학적인 액수를 자랑했지만, 매해 그를 고용하기 위한 문의가 언제나 낭천막에 빗발쳤다.

당연히 그런 자들은 낭천막의 지부들이 털렸다고 해도 별달리 동요하는 기색이 없었다.

확실히 그들은 낭천막이 없다고 하더라도 일감을 구하는 데 크게 어려움을 느끼지 못할 테니.

아니, 귀를 기울여 저들의 대화를 들어 보자면 도리어 이런 상황을 만족해하는 것 같았다.

"자네도 그 소식 들었나?"

"뭘 말인가?"

"창붕이 무당산 근방까지 왔다는 소식."

"아, 그거? 이미 들었고말고. 이미 꽤 시끄럽던데? 난 좀 빨리 왔으면 좋겠더라고. 하도 창붕, 창붕, 그러니까 얼마나 대단한지 이 눈으로 확인하고 싶기도 하고."

"게다가 오늘 보니까 어중이떠중이들은 죄다 얼굴이 하얗게 질려서 도망치더군."

"아, 그거! 나도 봤어. 낄낄. 표정들이 다들 죽이더만? 그렇지 않아도 꼴 보기 싫었었는데 말이야."

때마침 낭인 두 사람이 대화를 나누면서 무성과 간독의 옆을 스쳐 지나간다.

보폭, 동작, 눈빛. 전부 단련된 강철처럼 단단하다.

절정에 해당하는 고수들이란 뜻이다.

특히는 풍기는 기운.

아주 그윽하고 깔끔하다.

현문정종 특유의 기운이다.

'어디지? 청성파나 곤륜파 같은 곳은 아니고…… 조금 거친 맛이 있으니 공동파쯤 되나?'

이것으로 확실해졌다.

의천맹도 손을 보탰다.

무성과 간독이 잠입을 한 데에는 척후를 위한 것도 있지만, 균현의 여론을 알기 위한 것도 있다.

하지만 무성이 의도했던 것과 다르게 낭인들은 그렇게 크게 흔들리지 않았다. 있다고 해도 저들의 표현대로 '어중이떠중이'나 흔들렸을 것이다.

"아니. 내 말은 그런 게 아니야."

그런데 무성은 고개를 저었다.

"음? 그럼?"

"저길 봐."

무성은 턱짓으로 한쪽 구석을 가리켰다.

조용히 좌판대 앞에 서서 뭔가를 구경하는 사내가 있었다. 등에 기다란 장창을 매달고 있지만 인상이 평범해서 그닥 눈에 띄질 않았다.

간독이 고개를 갸웃거렸다.

"뭐가?"

"넌 안 보여?"

"그러니까 뭘?"

낭인들에게 가장 흔한 무기는 의외로 칼이 아닌 창이다. 단련하기도 쉽고 길이만큼 상대와 간격을 벌릴 수 있는 이점이 있기 때문이다.

그런 창을 사용하는 데다가 기도도 딱히 풍기지 않는다.

흔히 길거리를 지나는 낭인들과 큰 차이가 없다.

하지만 무성은 대체 뭘 봤는지 눈을 가느다랗게 떴다.

"저 사람, 우리와 같아."

"음?"

"혼명을 익혔어."

"……!"

간독의 눈이 크게 떠진다.

"아무래도 북궁검가의 잔당 같아."

第七章

낭왕 목종

무당산을 등진 낭천막의 막사.

"낭왕을 뵙습니다!"

"낭왕을 뵙습니다!"

낭인들이 모두 제자리에 부복하며 고개를 숙인다.

그것도 하나같이 상당한 기도를 자랑하는 자들이다.

잘 벼린 칼처럼 날카로운 눈은 수많은 사선을 건너온 백전 노장들만이 가질 수 있는 것이었고, 늑대와 이리처럼 풀풀 휘 날리는 거센 기도는 사람의 한계를 뛰어넘은 자들만의 전유 물이었다.

허리춤에서 금패(金牌)가 달그락거린다.

낭인들 중에서도 손꼽히는 일급 낭인들이다.

경지도 모두 절정 이상.

아니, 전투 경험까지 포함한다면 초절정에 육박할지도 모르는 진정한 고수들이다.

웬만한 강호 문파라면 천금을 주고도 모시고 싶어 할 테지만, 그들은 어딘가에 얽매이는 것을 너무 싫어하는 자유분방하고 거친 성정 탓에 낭인을 선호했다.

어디에도 섞이지도 녹아내리지도 못하는 자들.

보통 강호인이 물이라면, 이들은 기름이다.

하지만 그렇기에 어느 누구보다 무인에 가깝다.

강자에 대한 존경은 상상을 초월한다.

하물며 이렇게 무조건적인 존경은 오로지 딱 한 사람에게만 바친다.

목종.

모든 낭인들의 왕에게만.

"몇 번을 말하는가? 나는 그대들의 주인이 아니라고."

낭인들에게 서열(序列)은 있지만 위계(位階)는 없다.

이것은 아주 오래전부터 낭인들 세계에 내려오는 불문율이다.

강자에게 고개를 숙이되, 절대 머리 위에 두진 않는다.

주인을 두는 순간, 그것은 더 이상 낭인이 아니다. 어느 이름 모를 조직에 속하게 되어 버린 것이다.

그래서 목종은 낭인들이 존경에서 우러러 나오는 마음에 낭왕이란 호칭을 올렸어도, 절대 스스로 그 호칭을 입에 담은 적이 없었다.

대신에 늘 '친구'란 표현을 썼다.

나는 그대들과 언제나 어깨를 나란히 한다, 절대 위로 올라설 생각이 없다, 그러니 어려워하지 마라.

하지만 그런 겸손한 표현이 더더욱 낭인들의 심장을 울렁거리게 만든다.

더더욱 고개를 숙인다.

"이 사람들아!"

목종은 다급하게 달려가 그들을 일일이 부축했다.

그러면서 어깨를 두들긴다.

"다시는 이러지 말게. 내가 부담스러워. 그렇지 않아도 이렇게 개인적인 일에 자네들을 부른 것만 해도 미안해 죽겠는데……."

목종이 말끝을 흐린다.

사람들이 착각하는 것이 딱 하나 있다.

바로 무당산을 둘러싼 낭인들에게 어느 누가, 얼마나 많은 돈을 주었는가.

이렇게 많은 숫자의 낭인들을, 그것도 일급 낭인들도 대다

수 포함한 낭인들을 대거 고용한다는 것부터가 이미 천문학적인 액수가 들어갔다는 뜻이다.

하지만 그것은 착각이다.

여기에 들어간 비용은 무(無).

이동에 필요한 최소한의 경비도 일급 낭인들이 자신들의 호주머니를 털어서 밑에 있는 낭인들을 데려온 경우가 대부분이다.

그 이유는 간단하다.

낭왕이 불렀기 때문에.

오로지 낭왕의 부탁이 있었기 때문에.

모두 자발적으로 나선 것이다.

"저희들의 뜻을 곡해하지 마십시오. 당신은 저희들이 인정한 진정한 왕입니다."

"이 사람들이 그래도……."

목종은 더 무슨 말을 하려다가, 이내 일급 낭인들의 굳은 눈빛들을 보고 짙은 한숨을 내쉬었다.

"알겠네. 하여간 이리 먼 길을 오느라 수고했으이."

그러면서 미소를 짓는다.

순간, 낭인들의 눈가에 짙은 환희가 드리웠다.

낭왕이 보내는 미소에 감격을 한 것이다.

그러다 목종은 인상을 굳혔다.

"그래도 진짜 다들 괜찮겠나? 어쩌면 이 싸움 이후로 그대들은 의천맹과도 척을 지게 될지 모르네. 무당산을 공략하는 일일세. 어쩌면 여기 이 자리에 있는 사람들 모두가 강호 공적으로 내몰릴지도 모르는 것이야. 거기다 무신련까지 발호하면서 아이들의 마음이 심란하다는 것 또한 들어서 알고 있네."

목소리가 진지하다.

"그런데도 나는 어째서 무당산을 공격하는지에 대해서 그대들에게 이유 한 번 설명하지 않았네. 정말, 다들 괜찮으신가?"

"괜찮습니다."

낭인들은 대답했다.

"이 길은 저희가 택한 길입니다."

"알겠네……."

목종은 다시 한 번 땅이 꺼져라 한숨을 길게 내뱉더니 이내 눈가에 힘을 잔뜩 주었다.

"내 약속하지. 언제나 그렇듯, 이번에도 그대들에게 승리를 가져다주겠노라고."

순간, 수십 쌍의 눈동자에 불꽃이 타올랐다.

"승리를 가져다준다라……."

낭인들이 물러나고, 목종만이 남은 자리.

모용경이 슬쩍 나타나 피식 웃었다.

"진심인가?"

"죽은 후에도 승리는 승리지 않습니까?"

"한 번씩 보면 자네는 확실히 음험해."

목종은 가만히 소리를 죽이며 웃었다.

어차피 그들의 목표는 기왕의 신병을 확보하는 것이지, 무당산에서 승리를 거머쥐는 것이 아니다.

거기서 무슨 일이 벌어지건, 피해가 어떻건, 이후에 어떤 사달이 나건 간에 자신과는 아무 상관이 없다.

모용경은 고개를 절레절레 흔들면서 해남검문이 있는 곳으로 돌아갔다.

목종은 그런 그를 바라보다가 허공을 보며 소리쳤다.

"십구귀(十九鬼)!"

스릭!

목종 앞으로 뭔가가 툭 떨어졌다.

"하명하십시오."

검은 야행복을 입었다.

그런데 거기서 풍기는 기운이 음험하면서도 묵직하다.

검귀.

한때 북궁검가를 모시다가 어느 날 가문의 몰락과 함께 자취를 감췄던 북명검수의 후신(後身)이 낭인들 세계에 나타난 것이다.

과거 금태연은 북궁대연을 모시고 검귀를 조직할 때, 낭인들 틈바구니에 섞여 있었다.

북궁대연은 이것을 강호의 눈을 속이기 위한 '숲 속의 나무'라면서 찬탄을 금하지 못했지만, 실상은 야별성과 황룡각에 한 발씩을 걸치고 있던 모용경의 도움을 빌려 목종에게 의탁을 하고 있었던 것이었다.

덕분에 금태연은 무신련의 감시망을 피해 검귀를 조직하는 데 성공했고, 이후 북궁검가가 완전히 몰락을 하면서 남은 검귀는 고스란히 목종의 손아귀에 들어왔다.

검귀 역시 무성에 대한 원한을 갖고 있기 때문에 아무런 불평불만 없이 목종을 잘 따랐다.

"준비는?"

"모든 검귀를 총동원하여 천라지망을 갖췄습니다. 균현 일대 곳곳에 감시망을 달아 놨으니 절대 녀석들은 피할 수 없습니다."

목종과 십구귀는 무신련이 빠른 속도로 서진을 하는 것과 관련해 몇몇 고수들이 별동대를 조직해 기왕 구출에 나설 것이라 판단했다.

그렇다면 정면에서 부딪치기보다는 측면을 비집고 들어올 터.

이것을 노려 검귀를 깔아 둔 것이다.

더군다나 세월이 지나면서 지금의 검귀는 예전의 검귀와는 또 다르다.

"좋다. 시작하도록."

"존명!"

쉭!

십구귀가 하늘 위로 사라진다.

목종이 작게 중얼거렸다.

"지금부터 시작이다."

*   *   *

"너, 그런 게 어떻게 보이는 거냐?"

"결."

"그렇군."

너무 짧기만 한 대답이지만, 간독은 이해하겠다는 듯이 고개를 끄덕였다.

한유원이 무성에게 전수한 묵혈관법을 그도 잘 알고 있다.

실제로 간독도 한 차례 본 적이 있다.

하지만 나중에는 고개를 절레절레 흔들었다.

상대의 모든 것을 관(觀)한다니.

갖고 있으면 분명 여러모로 편리할 것이나, 간독과는 거리가 멀었다.

진실을 꿰뚫는다는 것.

언제나 어둠 속에서 살며 상대를 거짓으로 현혹하는 간독과는 어울리지 않는다.

"너의 말은 북궁검가의 잔당이 낭천막으로 스며들었다?"

"어쩌면 황룡각일 수도 있고."

"흐음!"

확실히 무신련과 야별성의 충돌 과정에서 멸문당한 사대 가문이라면 가능한 일이다. 특히 실컷 부림만 당했던 북궁검가라면 더더욱.

무성과 간독이 굳이 균현에 잠입한 이유는 적의 동태를 관찰하려는 것도 있지만, 수상한 점이 있으면 조사를 해서 비집고 들어갈 틈이 있나 없나 확인하려는 것도 있었다.

하물며 전혀 뜻하지 않은 것을 발견했다면 어떤 변수로 작용할지 모른다.

"저자를 쫓자."

"그러지."

두 사람은 가만히 서서 사내를 관찰했다. 그때 상당한 인파가 지나치면서 그 속에 뒤섞였다.

사람들이 모두 지나쳤을 때, 두 사람은 더 이상 그곳에 없었다.

무영화흔.

간만에 귀병으로서의 능력을 발휘한 것이다.

곧 보이지 않는 두 개의 그림자가 사내의 그림자에 녹아들었다.

*　　　*　　　*

"음?"

이십삼귀(二十三鬼) 차일양(車一樣)은 갑자기 등골을 타고 흐르는 오싹한 느낌에 고개를 번쩍 들었다.

주변을 휘휘 둘러본다.

하지만 주변에는 그냥 길을 지나는 낭인들만 있을 뿐, 아무것도 보이지 않는다.

그래도 혹시나 하는 생각에 눈을 가느다랗게 좁혀 기감을 확장시킨다. 어딘가에 숨어 이쪽을 노리는 자가 있는 게 아닌가 하고.

하지만 아무것도 느껴지지 않았다.

'그냥 기분 탓인가?'

혼명이법으로 단련된 검귀의 감각은 아주 예민하다.

낭인들의 왕, 목종이 나타난다고 해도 이쪽만 따진다면 절대 뒤지지 않을 자신이 있다.

그래서 차일양은 단순한 착각으로 치부했다.

'너무 긴장을 했나 보군.'

하긴, 제아무리 감정이 말소된 검귀라고 해도 이런 일을 앞두고 태연하면 이상한 일이지.

"살 거요, 말 거요?"

그때 좌판대 장사꾼이 인상을 잔뜩 찡그리며 투덜거렸다. 한참 동안 물건을 구경하기만 할 뿐, 살 생각은 전혀 하지 않는 걸 보고 화가 난 것이다.

차일양은 이상한 구슬을 가리켰다.

"이걸로 다섯 개를 주시오."

"닷 냥이오."

차일양은 값을 치르고 구슬을 받아 따로 챙긴 주머니에 밀어 넣고 자리를 떴다.

"일단 여기엔 보이지 않는군."

차일양은 한 번 더 주변을 확인하고 가만히 고개를 위로 들었다.

쉭!

기감으로 아주 어렴풋하게나마 뭔가가 느껴진다.

산들바람처럼 아주 부드럽지만, 그 속을 깊게 파고들면 심장이 묵직해진다.

차일양과 마찬가지로 비슷한 기운을 품고 있다.

현 검귀의 수장, 십구귀다.

전음이 귓속으로 파고들었다.

『이십삼귀, 보고하라.』

『보이지 않습니다.』

『이쪽도 그런가……? 알았다. 다음 목적지로 이동하도록.』

『존명.』

기운은 나타났을 때처럼 조용히 사라졌다. 짜증이 가득 섞인 목소리와 함께.

확실히 그럴 만도 할 것이다.

적은 코빼기도 내비치지 않고 있으니.

벌써 며칠째다.

이렇게 잠도 제대로 못 자고 밖에만 자꾸 돌아다니는 게 슬슬 짜증 날 테지.

그래도 그들이 노리는 적의 힘을 생각하면 허투루 대하기도 힘들다.

상대는 처음으로 혼명의 각성을 이룬 자.

거기다 단신으로 검귀를 몰락시키고 북궁검가까지 무너뜨린 자다.

최대한 조심히 움직여야 한다.

'음?'

차일양은 움직이려다 말고 흠칫 살짝 굳었다.

뭔가가 몸속에서 빠져나가는 느낌이 든다.

두 개가 들어왔다면 그중 하나가 나가는 느낌…….

'뭔가가 있다!'

본능적으로 검을 뽑아 십구귀와 동료들을 부르려는 그때,

픽!

차가운 금속이 목젖을 파고들었다.

"이래서 난 예민한 새끼들을 싫어해. 그냥 조용히 넘어갈 수도 있는데 말이야. 결국 너 때문에 난 여기에 남아야 하잖아?"

누군가가 귓가에다 대고 나지막한 목소리로 차갑게 중얼거린다. 동시에 살짝 흘러나온 기운이 차일양의 심장을 두근거리게 만들었다.

쿵! 쿵!

녀석들이다!

그들이 노리는 적들이 도리어 자신들을 노리고 있다!

차일양은 섬뜩한 느낌이 들었다.

왼팔에 비수를 사용하는 녀석이라면 하나밖에 더 있을까!

하지만 생각은 길게 이어지지 않았다.

목을 파고든 비수는 경동맥을 그대로 끊어 버렸다.

세상이 시커멓게 내려앉았다.

스르릭!

차일양의 몸뚱이가 비틀거린다 싶더니 허무하게 무너진다. 그런데 녀석은 살짝 쓰러졌다가 손으로 바닥을 짚고 다시 자리에서 일어났다.

『이십삼귀, 무슨 일이냐!』

어디선가 전음이 파고든다.

십구귀의 목소리는 절대 아니다. 이십삼귀와 짝을 이루는 이십사귀(二十四鬼)의 목소리다.

현재 검귀는 철저히 삼인일조(三人一助)로 움직인다.

만약 한 사람에게 변고가 생길 시, 다른 두 사람이 즉각 개입한다.

한 명은 경계를, 한 명은 준비를 맡는다.

이십사귀가 천천히 칼을 빼 들면서 이쪽으로 움직인다. 계속 곁눈질을 하면서 이십삼귀 차일양의 상태를 살핀다. 적에게 당했는지, 당하지 않았는지를 파악한다.

그사이 저쪽 뒤에서 이십이귀(二十二鬼)는 품속으로 손을 넣어 신호탄을 꽉 붙잡는다.

만약 차일양이 수상하다 싶으면 이십사귀가 녀석을 맡는 사이에 이십이귀가 폭죽을 바로 터뜨린다.

그럼 그 즉시 균현 전체에 고루 퍼져 있는 모든 검귀들에게 경계령이 내려져 보이지 않는 천라지망을 갖추며, 보고를 받은 목종은 낭천막을 움직여 단숨에 적을 솎아 버린다.

삼인일조는 서로가 서로를 계속 파악하고 있기 때문에 절대 다른 습격을 용납지 않는다.

그러니 차일양의 갑작스러운 동태는, 그들의 신경을 곤두서게 만들 수밖에 없다.

하지만,

『아, 아무것도 아닙니다.』

차일양이 다시 일어나면서 뒷머리를 벅벅 긁는다.

『정말이냐?』

『움직이다가 발을 헛디뎠을 뿐입니다.』

하지만 이십사귀는 쉽사리 물러서지 않았다.

도리어 의심을 한다.

이미 그들 전체에게 명령이 내려지지 않았던가.

   "창붕은 천변만화공을 익혀 어떤 모습으로든 변장이
   가능하며, 독망은 거기까지 재주가 미치지 않더라도 남을
   속이는 데 탁월하다. 그러니 주의하라."

이미 검귀는 오래전부터 무성의 일거수일투족을 면밀히 살폈다. 그의 특징과 성격을 모를 리 만무하다.

『새와 뱀은?』

암어(暗語)다.

상대가 이쪽 동료가 맞는가 확인하는.

『새와 뱀은…….』

차일양은 잠시 말 뒤끝을 흘렸다.

그 순간,

팟!

이십사귀가 차일양 쪽으로 몸을 날렸다.

『이십이귀!』

암어의 정답은 '귀신에게 먹힌다'다.

새는 창붕을, 뱀은 독망을 의미하는바. 이것을 즉각 대답하지 못했으니 이십사귀는 녀석이 진무성 일당이라고 추측했다.

자신이 녀석을 맡는 동안, 부름을 받은 이십이귀는 곧바로 폭죽을 터뜨리리라.

하지만,

씨익!

가짜 차일양의 입꼬리가 말려 올라간다.

비릿한 웃음. 조소(嘲笑)다.

이십사귀도 뭔가 이상하다고 느껴 순간 감각을 확장시켰다. 그런데…… 이십이귀가 없다!

"어쩌나? 믿던 게 사라졌는데 말이야."

아까 전과는 전혀 다른 목소리. 거칠고 퉁명스럽다. 독망 간독의 목소리였다.

'당했다!'

이십사귀는 그제야 가짜 차일양 말고 다른 한 사람이 더 있다는 사실을 눈치챘다. 그자가 바로 이십이귀를 제거해 버린 것이다.

'하지만…… 어떻게?'

이십이귀의 거리는 여기서 한참이나 떨어져 있건만. 거기다 이십이귀의 은신술은 검귀 내에서도 손에 꼽을 정도다. 그러니 제아무리 동료가 있다고 하더라도 그의 기척을 잡을 수가 없고, 있다 하더라도 이렇게 단숨에 잡기가 힘들다.

하지만 녀석들은 해냈다.

눈 깜짝할 사이에.

이대로는 제아무리 철저하고 세세한 천라지망을 설치한다 한들 당할 수밖에 없다는 생각이 들었지만, 이미 간독의 손을 떠난 비수는 그의 면전에 다다르고 있었다.

퍽!

이십사귀의 미간에 비수가 정확하게 꽂히며 뒤로 벌러덩 나자빠졌다.

간독은 여전히 차일양의 모습을 한 그대로 시신 곁으로 다가와 비수를 회수했다.

"자, 그럼 이 가짜 놈들부터 좀 솎아 볼까?"

간독이 방금 전까지 이십사귀가 있던 곳으로 시선을 던졌다.

상당히 거리가 떨어진 어느 전각의 용마루 위.

무성은 이십이귀의 시신에서 손을 거뒀다.

데구루루!

시신이 아무렇게나 지붕을 타고 구르다 바닥에 툭 떨어진다.

무성의 손에는 이십이귀에게서 거둔 폭죽이 들려 있을 뿐. 그는 전혀 모습을 숨길 생각도, 역용을 할 생각도 없어 보였다.

'자, 와라.'

이미 차일양을 급습하던 그 짧은 사이에 검귀를 이용한 작전은 어느 정도 짜 뒀다. 대략적인 큰 틀만 있는 계획이지만 꽤 쓸 만했다.

혼수모어(混水摸魚).

물고기는 물을 흩뜨려 어지럽게 만들어야 쉽게 잡을 수 있는 법이다.

무성은 이 균현이라는 물을 직접 휘저을 생각이었다.

무성은 폭죽을 하늘에다 갖다 대고 터뜨렸다.

퍼퍼퍼펑!

붉은 화약이 넓게 퍼진다.

"어? 저게 뭐지?"

"무슨 신호탄 같은데?"

"저기 밑에 누가 있어!"

"시, 시신도 있다!"

"저 사람 누구지? 처음 보는 얼굴인데?"

길을 지나던 모든 이들의 시선이 무성 쪽으로 쏠린다. 허리춤에 검을 패용한 낭인들도, 좌판대를 열던 상인들도, 두려워하면서 조심히 움직이던 백성들도.

무성은 도리어 위풍당당하게 자신을 보라는 듯이 앞으로 나섰다.

"어? 어! 저, 저 사람……!"

"창붕이다! 무신련주가 나타났다!"

방문으로만 무성의 용모파기를 봤던 사람들도, 낭인 생활을 하면서 우연히 무성을 봤던 낭인들도 하나같이 경악했다.

낭천막에 몸을 담은 낭인들 중에 그를 모를 사람은 절대 없다.

무신련의 이름으로 낭천막에게 선전포고를 한 당사자가 아닌가!

하지만 갑작스레 등장한 무성을 직접 대면한 낭인들은 분노를 표하기는커녕, 도리어 식은땀을 흘리면서 물러서기에 바빴다.

"이, 이건⋯⋯!"

"이게 정말 사람이 내뿜는 기운이라고?"

무성을 중심으로 흐르는 기운.

무성이 고의로 내뿜은 엄청난 위압감이 저잣거리 전체를 짓누른다.

무성은 처음 나타났을 때와 다르게 자신의 기운을 갈무리하지 않고 있는 힘껏 보여 줬다.

마치 그 모습은 옛날, 무신 백율이 독보강호(獨步江湖)를 하면서 보여 줬던 위압감과 상당히 닮아 있어 많은 낭인들의 가슴을 철렁거리게 만들었다.

특히 신분을 속이고 낭천막에 가담한 의천맹의 무사들은 아랫입술을 지그시 깨물었다.

하급 낭인들은 슬쩍 꽁무니를 빼면서 무성과의 거리를 벌리려 하고, 실력이 제법 된다 싶은 자들은 위압감에 잔뜩 주눅 든 채로 천천히 다가온다.

하지만 그 어떤 자도 일정한 간격 안으로 들어서진 못했다.

마치 이것이 너희들과 나의 거리라는 듯, 수준 차이를 확실하게 각인시킨다. 방원 십 장 안에는 무성 외에 어느 누구도 접근할 수가 없었다.

그것이 더더욱 사람들을 떨게 만들었다.

발산거력패!

과거 패도천룡 영호휘는 가진 바 패기로 상대를 짓눌러 의기를 꺾고 나아가 목숨까지 앗는 것으로 유명했다.

무성은 그것을 자신만의 방식으로 풀어내면서 본래의 발산거력패와는 비교도 할 수 없는 힘을 선보였다.

태산.

제아무리 항우가 돌아와 산을 뽑아 버릴 정도의 기세를 보인다고 하더라도, 산중 제왕이라는 태산 앞에서는 뽑을 엄두도 내지 못할 터.

도리어 보는 이로 하여금 경탄만을 불러일으키는 무언가가 있다.

무성이 바로 그런 태산이었다.

"저, 저게 새로운 무신련주라고……?"

"무신의 전설은 끝나지 않았던가!"

최근 강호에는 새로운 무신련주를 두고 설왕설래가 아주 많았다.

마라혈붕이 요즘 뜨는 신진고수라고는 하나, 과연 한낱 자객에 불과했던 자가 무신의 뒤를 이을 자격이 있는가 하고.

그래서 호사가들은 갑작스러운 횡액(橫厄)으로 주인과 후계자들을 한꺼번에 잃어버린 무신련이 어쩔 수 없이 가까이 있던 마라혈붕에게 창붕이란 호칭을 새로 달아 주고 모셨다는 소문이 파다했다.

하지만 이제는 절실히 깨달았다.

그것이 모두 헛소문에 불과했다는 사실을.

왜 무신을 잃은 무신련이 창붕을 모시는가?

어째서 무신이 창붕을 택했는가?

그것은 생존을 위한 어쩔 수 없는 선택이었기 때문이 아니라, 그가 그만큼의 자격을 갖췄기 때문이었다.

그리고 다시 두 번 더 놀란다.

위압감에 비해 너무나 젊은 나이에 한 번 놀라고, 정말 무신련의 병력 없이 홀로 적진 한가운데에 나타난 무성의 패기에 또 한 번 놀란다.

무성은 그렇게 모든 이들의 이목을 끌어당겼다.

한마디의 말도 없이. 조용히. 홀로.

그리고 고고하게.

마치 천지간에 홀로 존재하는 것처럼 보인다.

『쳐라!』

파바밧!

"이, 이거 뭐야!"

"빠르다!"

바로 그때 이쪽으로 모여들던 검귀들이 사람들 사이사이로 비집고 나왔다. 그들은 무성과 근원이 같은 혼명지기를 몸에 둘러 위압감을 흘리며 방원에 난입했다.

무성은 감히 허락도 없이 자신의 영역에 함부로 발을 들인 자들을 고요한 눈빛으로 내려다보다가, 체내 곳곳에 퍼져 있던 수십만 개의 륜을 일제히 돌렸다.

우우─웅!

단전에서 올라온 신기는 독맥(督脈)을 타고 흐르다가 좌측으로, 두정에서 내려온 마기는 임맥(任脈)을 도도히 흐르다가 우측으로 뻗쳐 나간다.

위불성에게서 전수받았던 양의심법은 바로 한순간에 구성(九成)의 경지까지 오르는 기염을 토했다.

꼿꼿하게 선 다리를 중심으로 잔잔히 그려진 파문은 서서히 영역을 확장하더니, 단 한 순간에 마치 꽃봉오리가 틔우듯이 날개를 활짝 펼쳤다.

붕익신마기가 다시 발현된다.

콰아아아─아!

마치 둥지에 앉아 있던 붕이 하늘 위로 날아오르려는 듯이 크게 날갯짓을 한다.

거기서 깃털처럼 떨어진 신기와 마기의 잔재들은 불꽃처럼 화르륵 타오르다 이내 길쭉한 모양의 검이 되었다.

붕익신마기에도 그와 같은 영검이 헤아릴 수도 없이 무수히 많이 돋아나 무성의 몸 주변을 따라 행렬을 시작했다.

수십, 수백 개나 되는 영검들은 도도히 움직이다가 이내 무성의 의지에 따라 단 한 순간에 허공으로 솟구쳤다.

팟!

영검이 허공에 녹아들며 빛살이 된다.

빛살은 기다란 포물선을 그리며 이쪽으로 달려오는 검귀들의 머리맡으로 떨어졌다.

검귀들은 하나같이 공력을 한껏 끌어 올려 검에 응집시켰다.

지─잉! 징! 징!

검이 일제히 검명을 토하고,

쐐애애액!

몸이 버틸 수 있나 싶을 정도로 빠르게 휘두르며,

퍼퍼퍼─펑!

곳곳에서 폭죽이 터지는 것과 같은 굉음이 퍼진다.

일제히 하늘에서 쏟아지는 폭격(爆擊).

충격파가 얼마나 대단하던지 지반이 거칠게 위아래로 흔들린다. 땅이 그대로 내려앉아 버리고, 뒤틀리고, 가뭄이 일어난 것처럼 균열이 방원 전체로 퍼진다. 모래 안개가 자욱하게 일어나 일대를 가려 버린다.

"저, 저, 저……!"

그야말로 무차별적인 파괴다.

방원 안에 있는 것들은 그 어떤 것도 허락하지 않겠다는 듯 쏟아 부은 공격은, 이를 지켜보고 있던 이들로 하여금 아연실색하게 만들었다.

과연 자신들이 저곳으로 들어가 살아남을 수 있을까?

사람들은 본능적으로 고개를 저었다.

격(格)의 차이가 너무 크다.

무성은, 낭인들에게 그 차이를 절실히 각인시켜 주고 있었다.

도무지 말도 쉽게 나오지 않는다.

몇몇은 아예 주먹을 꽉 쥐며 부르르 떨었다.

특히 무신련을 몰락시키려 했던 의천맹의 무인들로서는 분통이 터질 일이었다. 무신에 이어 새로운 난적이 눈앞에 떡 하니 나타난 셈이니.

사람이 되어 저런 힘을 발휘할 수 있다는 게 믿어지지 않는다.

하지만 무성은 여전히 무심한 눈길로 녀석들을 내려다본다. 붕익신마기는 흑백의 완벽한 대조를 이루면서 아지랑이처럼 그를 따라 아른거린다.

팟! 파밧!

"헉!"

"저, 저기서 살아남았단 말이야?"

그때 모래 안개를 헤집으면서 몸을 위로 날리는 검귀들이 있었다. 비록 피투성이 몰골이 되었다지만, 투기는 이전보다 훨씬 거칠다.

그 숫자는 모두 열 명.

꽤 많은 숫자에 사람들은 감탄을 터뜨리다가, 곧 모래 안개가 걷히고 드러난 참혹한 현장에 다시 말을 잃고 말았다.

도처에 피가 뿌려지고, 온전한 시신이 없다. 죄다 짓이기거나 잘려 나간 팔다리가 나뒹군다. 곳곳에는 폭격이 가해진 홈이 남아 흉측함을 더하고, 그 위로는 탄내와 피비린내가 풀풀 날렸다.

무성을 공격하려 했던 검귀의 숫자는 모두 쉰.

하지만 그중에서 팔 할에 해당하는 마흔 명이 별다른 공격도 해 보지 못하고 목숨을 잃었다.

단순히 무성의 영역에 발을 들였다는 이유만으로!

문제는 다른 열 명의 상태도 그리 좋지 못하다는 점이었다.

『개진(開陣)!』

십구귀의 명령이 떨어지자, 단숨에 검진을 갖춰 무성을 압박했다.

귀검매혼진(鬼劍昧魂陣)!

쐐애애—액!

무성은 무심하게 그들을 보다가 붕익신마기 쪽으로 손을 뻗었다.

기운이 손목을 타고 올라오더니 길쭉한 검이 된다.

그것을 횡대로 휘두른다.

파파파파!

밖에서 봤을 때는 단순한 칼질에 불과할 테지만, 매서운 강풍이 칼바람을 가득 싣고 파문처럼 퍼져 나간다.

이대로 강풍과 충돌하면 검진이 깨진다!

『산(散)!』

흩어지라는 명령과 함께 검귀들은 검진을 탈출해 저마다 다른 방식으로 강풍을 피했다.

어떤 녀석들은 천근추의 수법을 발휘해 아래로 몸을 당겨 피하고, 또 어떤 녀석들은 도리어 어기충소의 수법으로 더 높이 뛰어올라 허공에서 제비돌기를 한다. 또 어떤 녀석들은 과거 귀병도 익힌 적이 있는 매영보를 발휘, 귀신처럼 측면을 공략했다.

하지만 무성의 공격은 거기서 그치지 않는다.

붕! 붕! 붕!

연달아 검을 허공에다 세 번을 내긋는다.

참격(斬擊)이 이어질 때마다 칼바람은 겹치고 또 겹치면서 마치 검으로 형성된 감옥을 형성한다.

결국 어쩔 수 없이 칼바람과 맞닥뜨린 검귀들은 죄다 사지가 떨어져 나가거나, 상체와 하체가 분리되어 땅바닥에 널브러졌다.

이번에는 폭격 때와 다르게 막거나 하는 것도 없었다.

무성이 직접 뿌린 칼바람은 영검의 확장이다.

더군다나 아무렇게나 참격을 날리는 것처럼 보여도 거기엔 일정한 흐름이 있었다.

『집(集)!』

이대론 위험하다.

다시 맞대응할 방안이 필요했지만,

붕! 붕!

칼바람이 그때마다 교묘하게 파고들어 검귀들의 발을 어지럽게 만든다.

십구귀의 눈이 부릅떠졌다.

'약점! 녀석은 약점을 보고 있어!'

무성이 선보이는 깔끔한 동작들을 보고 있노라면, 등골을 따라 소름이 계속 돋는다.

어떻게 보면 아주 무심해 보인다.

술에 취해서 칼을 휘두르는 것이 아닐까 아주 잠깐 착각을 할 정도로.

하지만 녀석의 영검은 철저한 계산 아래 움직인다.

칼바람은 절대 검귀들의 응집을 허락지 않는다. 또한, 저항도 용납지 않는다.

칼바람이 한 번 불면 응집이 파훼된다. 검귀들은 다시 물러나 새로운 공략법을 찾아 사각지대 쪽으로 뱅그르르 회전한다.

그 사이 칼바람이 두 번 분다. 흐름은 차단되고, 이때 세 번째 칼바람이 분다. 그럼 검귀들 간의 연결 고리가 완전히 끊어진다.

네 번째에는 검귀가 갈 곳을 잃고 구석에 내몰리고, 다섯 번째에는 목이 달아난다.

촤악!

여섯 번째 검귀의 목이 허공으로 튀어 오른다.

"이놈!"

바로 그때 허물어지는 몸뚱이 뒤편으로 검귀가 불쑥 튀어나와 쇄도한다.

칼바람이 어떤 규칙을 따라 움직이고 있으니, 흐름이 지나가고 난 뒤를 노리면 틈이 생기지 않을까 하고 판단해 버린 것이다.

하지만 십구귀는 아주 잘 안다.

육박전(肉薄戰)에서는 더더욱 이쪽에 가능성이 없다는 것을.

무성이 무심하게 왼손을 뻗는다.

"안 돼에에에에에엣!"

검귀가 흠칫 놀라 뒤늦게 멈춰 보려 하지만, 이미 녀석의 목은 빨려 들어가듯이 무성의 손아귀로 들어섰다.

우두둑!

손에 가볍게 힘을 주자 모가지가 반대 방향으로 돌아간다. 혀를 삐죽 내민 검귀의 두 눈에는 더 이상 빛이 담겨 있지 않았다.

무성은 쓰레기를 버리듯이 시신을 허공에다 던지면서 몸을 팽이처럼 돌렸다.

츄츄츄츄— !

보이지 않던 칼바람이 이제는 육안으로도 선명하게 드러날 정도로 짙은 색을 드러낸다. 그만큼 엄청난 압축이 되었다는 뜻이다.

사방팔방으로 뻗쳐 나간 칼바람은 단숨에 남은 검귀 둘의 사지를 분쇄해 버리고,

팟!

무성은 궁신탄영의 수법으로 단숨에 마지막 남은 십구귀 앞까지 당도했다.

'이……걸 노렸나!'

그 순간, 십구귀는 직감했다.

어망 안으로 들어섰다고 생각했던 물고기는, 사실 도리어

헤엄치는 데 걸리적거리기만 한 어망을 물어뜯기 위해 고의로 들어온 것이란 사실을.

검귀를 한꺼번에 솎아 내기 귀찮으니 아예 신위를 드러낸 것이다.

하지만 그 사실을 깨달았을 때는, 너무 늦은 후였다.

퍽!

십구귀는 어떻게 저항할 겨를도 없이 정수리부터 사타구니까지 짙은 혈선을 남기며 양분되어 버렸다.

이때부터였다.

쐐애애애―액!

무성이 땅을 세게 박차더니 갑자기 빠른 속도로 일직선으로 달리기 시작했다.

낭천막의 수뇌부가 있는 곳으로.

*　　　*　　　*

"뭐? 창붕이 나타났다고?"

목종은 갑작스러운 보고에 몸을 돌렸다.

검귀 오십육귀(五十六鬼)가 고개를 숙인다.

"예. 십구귀를 비롯한 오십 명의 검귀들이 그쪽으로 움직였으나, 금세 패배를 당하고 이쪽으로 달려오고 있다 합니다."

"수뇌부를 먼저 쳐서 낭천막의 지휘 체계를 아예 박살 내 버리겠다는 생각인가?"

일개 군단도 한창 사기가 하늘을 찌르다가도 지휘관이 죽고 나면 패배를 당하는 경우가 적잖은데, 충성도가 극도로 적은 낭천막이라면 더더욱 말할 것도 없다.

물론 목종을 충성으로 따르는 일급 낭인들이라면 이야기가 다를 것이나, 그들이 낭천막에서 차지하는 비중은 아주 극소수에 불과하다.

하물며 근래 무성의 활약으로 한껏 위축된 현재의 낭인들임에야.

거기다 방금 전에는 무성이 직접 모습을 드러내 낭인들의 이목을 집중시키며 압도적인 신위를 선보였다고 하지 않은가.

하지만 과연 녀석은 알까?

목종은 무수히 많은 전투를 겪어 본 몸.

제깟 놈이 제아무리 나이에 비해 과분한 명성을 얻고 있고는 하나, 목종이 지난 생애 동안 쌓아 올린 전과에는 비할 것이 못 된다.

목종은 녀석에게 그 차이를 보여 줄 참이었다.

'이제부터 보여 주마. 진짜 전쟁이란 것을.'

목종의 눈이 불을 밝혔다.

"녀석은 자신이 물고기를 잡으려 물을 흐린다고 생각하겠

지만, 도리어 자신이 물고기라는 것을 보여 주자. 낭인들을
움직여라."

"존명!"

오십육귀가 허공으로 사라진다.

목종은 걸상에 엉덩이를 붙이며 다리를 꼬았다.

그는 차분한 마음으로 기다렸다.

녀석이 무사히 여기에 올 수 있기를 바라며.

*　　　*　　　*

파바밧!

"녀석이 대막사 쪽으로 움직인다!"

"막아라! 잡아!"

질풍이 일직선으로 내달린다. 그 뒤로 강풍이 꼬리처럼 따
르면서 모든 걸 쓸어버린다.

무성이 땅을 박찰 때마다 거리가 쭉쭉 늘어난다.

낭인들은 무성이 무엇을 노리는지 확실히 깨달았지만, 어
느 누구 하나 나설 엄두를 내지 못했다. 고래고래 소리를 지
른 자들조차도 뒤에 숨어서 고개만 빼꼼 내밀 뿐이다.

전장에는 공기의 흐름이란 게 있다.

그 흐름이 무성에게 완전히 넘어온 이상, 제아무리 그들의

숫자가 만 단위를 넘긴다 할지언정 무성을 당해 내기란 요원한 것처럼 보였다.

하지만 모두가 겁을 먹은 것은 아니었다.

팟! 파밧!

곳곳에서 무사들이 나타난다.

뒤늦게 합류한 검귀들부터 목종을 진심으로 따르는 일급 낭인들까지.

그들은 무성을 제지하기 위해 몸을 날렸다.

第八章

눈물을 흘리다

하지만 처음과 다르게 검귀들은 더 이상 무성에게 공격을 가하지 않았다. 낭인들 역시 일정한 간격을 두고 앞으로 쭉쭉 달리기만 한다.

대막사까지 이어지는 길목에는 모든 사람들이 소개되어 한산했다. 무성은 그대로 달리기만 하면 되었다.

공격은 아주 간간이 이어졌다.

쾅, 쾅, 쾅!

검귀들이 하나둘씩 튀어나와 검을 날린다.

무성은 그때마다 아주 능숙하게 몸을 돌려 피하면서 손을 뻗었다. 단숨에 제압하기 위해서였다.

하지만 이번에는 다른 검귀가 사각지대를 교묘하게 파고들어 뒤쪽을 노렸다. 검을 앞으로 쭉 길게 뻗어 찌른다.

그런데 이 공격법이 새롭다.

콰직, 퍼퍼펑!

검에 공력이 한껏 응집되더니 폭발한다. 수백 개의 파편이 무성의 면전에서 폭사하면서 우수수 떨어졌다.

파산검훼. 본래 북명검수의 장기였다가 무성이 즐겨 사용했던 암수는, 이제 다시 본래의 주인인 검귀의 곁으로 돌아가 버린 것이다.

이것은 무성이라고 해도 쉽게 감당할 수 없다.

발치를 떠돌아다니던 붕익신마기가 꽈배기처럼 비비 꼬아 올라오면서 커다란 막을 형성했다.

따다다당!

검편이 튕겨 나가는 동안, 위험에 빠졌던 검귀는 무사히 마수에서 벗어나 탈출하는 데 성공했다. 그 뒤를 따라 파산검훼를 터뜨린 검귀도 재빨리 물러섰다.

그사이 낭인들이 어느새 이쪽으로 접근한다. 단단히 밀집한 그들은 멀리서 보면 벽처럼 느껴질 정도였다.

압박이다.

한쪽으로 몰아넣고자 하는.

이미 무성도 파산검훼에 살짝 밀렸기 때문에 무리한 공격은 하지 않았다.

덕분에 앞으로 나아가고자 하는 무성의 방향은 어느새 살짝 각도가 꺾였다.

검귀와 낭인들은 이런 식으로 무성을 한 곳으로 몰아넣고자 했다.

토끼몰이다.

아마도 함정을 파 놓은 장소로 몰아넣으려는 것이리라. 바보가 아닌 이상에야 이 정도쯤은 쉽게 깨달을 수 있었다.

문제는 이것을 탈피하는 것이 쉽지가 않다는 점이다.

쉬시시시식!

수십 개의 영검이 하늘 위로 쏟아진다.

『산개!』

검귀가 일제히 사방으로 흩어진다. 낭인들도 밀집 대형을 풀고 자리를 벗어난다. 아무것도 없는 자리 위로 영검이 쏟아졌다.

쿠쿠쿵!

먼지가 뽀얗게 내려앉은 자리 위로 사라졌던 검귀와 낭인들이 돌아온다. 결국 무성은 헛되게 공력을 낭비한 셈이 되었다.

산개와 밀집을 반복하면서 무성을 압박한다.

이미 한 차례 검귀들이 상당수 희생되지 않았던가.

그 덕분에 무성의 공격 방식은 검귀들의 머릿속에 단단히 박혀 있었다.

'오로지 창붕만 잡는다!'

검귀의 머릿속에 자리 잡은 생각은 그것이 전부였다.

오래된 증오. 해묵은 원한.

영광된 자리가 약속되어 있던 그들을 몰락으로 몰아넣었던 자다. 복수는 당연한 것이고, 무성이 가진 모든 것을 빼앗아야만 한다.

그렇기 때문에 검귀는 무성의 전투 방식을 철저하게 해체했다. 거기에 새로운 것이 더해진다면 몇몇 희생으로 다시 추가하면 그만이다.

무성이 자신의 숨겨 둔 실력을 드러내면 드러낼수록 그를 상대하는 검귀들도 덩달아 강해진다.

그들도 혼명을 익힌 자들이니까.

낭인들은 철저히 무성을 사냥하고자 하는 검귀의 보조 역할을 자처했다.

까가가강!

무성이 영검을 휘두를 때마다 족족 무위로 돌아가고, 반면에 치고 빠지는 전략 방식을 택한 검귀들의 공격은 점차 무성을 위기로 몰아넣었다.

이미 진로도 대막사 방향에서 완전히 틀어져 외곽으로 향해 버렸다.

균현을 벗어나, 정체를 알 수 없는 공터가 나타난다.

순간, 목적지까지 도착한 검귀들은 저들끼리 소리 없는 눈빛을 교환했다. 여기서 시작하자는 의미였다. 검귀들이 의미심장한 얼굴로 모두 고개를 끄덕인다.

팟! 파밧!

여태 모기떼처럼 무성을 쉴 새 없이 괴롭히던 검귀들이 갑자기 몸을 반대로 돌리더니 전력을 다해 다리를 놀리기 시작한다.

마치 이곳에서 필사적으로 달아나려는 것처럼.

여전히 일정한 간격을 유지하던 낭인들도 일제히 거리를 더 크게 벌렸다.

그 순간, 지하에 매설되어 있던 화약이 폭발했다.

콰콰쾅! 콰콰콰콰—쾅!

대지가 마치 종잇장처럼 갈기갈기 찢어진다. 방원 수십여 장의 지반이 그대로 내려앉으면서 균열 사이사이로 불기둥이 엄청난 높이로 솟구쳤다.

폭발은 이대로 세상이 끝나는 것이 아닐까 싶을 정도로 계속 이어졌다. 이것을 보고 있는 낭인들의 얼굴과 눈동자가 노랗게 변하는 게 아닐까 싶을 정도다.

하지만 어디 이것으로 창붕이 잡힐까.

이번엔 여태 물러서 있던 낭인들이 처음으로 전면에 나섰다. 그들의 손에는 하나같이 엄청난 굵기와 무게를 자랑하는 쇠사슬이 들려 있었다.

역시나 화약과 함께 지하에 매설되어 있던 것이다.

"당겨라!"

누군가의 명령과 함께 낭인들은 일제히 쇠사슬을 잡아당겼다.

촤르르륵!

느슨했던 쇠사슬이 팽팽해지면서 폭발에 휘말려도 형체 하나 잃지 않은 덫이 모습을 드러냈다. 열기에 시뻘겋게 달아오른 덫은 무성의 육신을 단단히 결박하고 있었다.

치이이익.

이대로 살이 익고 뼈가 녹는 게 아닐까 싶을 정도로, 무성이 입고 있는 옷은 이미 불에 타버렸다. 몸뚱이 위로 수증기도 모락모락 피워 올랐다.

하지만 엄청난 고통이 뒤따를 텐데도 무성은 일말의 신음도 흘리지 않는다. 아파하는 기색도 전혀 없다.

그저 묵묵히 이쪽을 노려본다.

마치 감정도 통각도 전부 말소된 인형같이 보인다.

"크하하하하! 천하의 무신련주를 이렇게 잡나?"

"창봉이라더니 정말 별것 없군."

그때 낭인들 틈바구니 사이로 몇몇이 걸어 나왔다.

하나같이 위풍당당하고 살벌한 기세를 흘려 댄다. 입가엔
잔혹한 미소가 걸렸다.

낭왕 목종에 이어 낭천막을 상징한다는 일곱 얼굴들. 일급
낭인을 넘어서 특급에 오른 자들이다.

낭아칠천(狼牙七天)!

은색 섬광이 번뜩일 때마다 목숨이 하나씩 달아난다는 은
섬창(銀閃槍), 뚱뚱한 체구에 철추를 주로 사용해 적의 머리통
을 부숴 버린다는 종대선생(鍾大先生), 언제나 눈을 감고 상대
의 기척을 귀신같이 읽는다는 심월상인(心月上人), 개차반 같
은 성정 때문에 주변에 남는 게 없다는 열화신도(熱火神刀).

스스로 형산파의 마지막 남은 후예라지만 정체를 알기 힘
든 대청진인(大靑眞人), 한때 황궁의 보물 창고를 털려 했다는
옥수도(玉手盜), 독을 잔뜩 품은 말벌을 다룬다는 독시봉(毒
翅蜂).

낭아칠천은 하나하나가 이미 강호에서도 명망이 높은 자
들이다. 그중 몇몇은 한때 강호 공적으로 내몰렸다가 오랜 세
월이 지나 사람들의 뇌리에서 악명이 잊힐 때쯤 슬그머니 나타
난 마두들도 있었다.

그 외에도 낭천막을 상징하는 자들은 많았다.

주로 고비 사막 일대를 누비고 다니며 한때 혈랑단과도 대

척했던 적이 있는 적망단(狄輞團), 사천 지역에서 주로 활동하는 백검회(百劍會), 십만 대산을 누비고 다니면서 뛰어난 지구력을 지닌 장족 출신의 흑산(黑山), 동해 바다에서 해적들을 소탕하거나 그들과 같이 활동하기도 하는 창양조(蒼洋組)까지.

흔히 낭천막이라고 하면 손꼽히는 용병 집단, 사대낭막(四大狼膜)도 일제히 나섰다.

오로지 창붕이라는 자를 잡겠다는 일념 하나로.

족히 수백 명은 될 존재들이 공터 곳곳으로 나타난다.

이들은 전부 이곳에서 기다리고 있었다.

무성이 제 발로 함정으로 걸어 들어오기를.

"제 발로 이런 곳에 걸어 들어올 줄이야. 그렇게 우리가 만만해 보이셨나, 창붕?"

그때 목종이 비릿한 미소를 흘리면서 앞으로 나섰다.

낭아칠천과 사대낭막의 낭인들이 모두 목례를 취한다. 이곳은 전장. 당연히 과장된 인사는 허락되지 않는다.

목종은 아주 잘 짐작하고 있었다.

기실 무성이 다른 작전도 없이 무모하기까지 해 보일 정도로 단신으로 돌파를 시도한 이유를.

그 역시 오랫동안 창붕을 연구해 왔으니까.

"아무래도 자신이 직접 희생해서 시간을 벌고 이쪽의 이목을 끌어당기는 동안, 간독과 중마위군을 무당산으로 밀어 넣어 구출을 시도하려는 모양이다만, 우선 불가능할 거란 말부터 해 주고 싶구나."

목종이 차갑게 웃는다.

"이미 그들은 전부 내 손아귀에 있으니까."

＊ ＊ ＊

간독이 받은 지시는 간단하다.

무성이 낭천막의 지휘부를 급습하는 동안, 무당산에 들어설 것. 그리고 기왕을 비롯한 무당파 문도들을 설득해 중마위군이 길을 뚫었을 통로로 탈출을 시도하라는 것이었다.

그래서 간독은 이곳으로 내려오는 동안 무성이 가르쳐 준 천변만화공으로 얼굴을 고치고, 의수(義手)를 달고 무당산 쪽으로 접근했다.

하지만 균현의 저잣거리를 걸은 지 얼마 되지 않아 그는 발걸음을 멈췄다.

"독안대망, 맞나?"

골목 곳곳에서 음습한 그림자들이 나타난다.

흉흉한 기세를 가감 없이 드러내는 자들.

백여 명이나 되는 검귀가 어느새 간독을 둘러싸 포위망을 갖추고 있었다.

간독은 이맛살을 찌푸렸다.

"하아! 이래서 내가 쉽지 않을 거니까 다른 작전을 짜자고 그렇게 말했건만."

처음 무성이 이목을 끈다고 말했을 때, 간독은 너무 위험하다면서 만류했다.

녀석들도 바보가 아닌 이상에야 그걸 모를 리가 없다.

따로 작전을 수행하면 도리어 각개격파를 당할 위험이 크다. 그러니 같이 뭉쳐야만 한다.

하지만 무성은 단호했다.

"미안하지만, 우리에게 허락된 시간은 그리 길지 않아.

최대한 속전속결로 끝내야 돼."

"하지만 그놈의 망할 속전속결 때문에 도리어 우리가 속전속결로 당하게 생겼다, 이놈아."

간독은 고개를 절레절레 흔들었다.

"대체 뭐라고 지껄여 대는 것이냐? 묻는 말에 대답이나 해라. 독안대망, 맞나?"

오십육귀가 속을 박박 긁어댄다.

간독의 눈꼬리가 꿈틀거렸다.

"뭐 이 새끼야?"

순간적인 기백에 검귀들은 저도 모르게 잠시지만 움찔거리고 말았다.

"이런 못 배워 처먹은 종자들을 봤나? 내가 너희들 보다 한 기수 위 선배거든? 감히 후배들 따위가 하늘 같으신 선배한테 어디서 눈을 부라려?"

깡 하나만 따지고 보면 간독을 이길 사람은 어디에도 없었다.

*　　　*　　　*

중마위군이 받은 명령은 비교적 약해진 균현의 후미를 공략할 것. 그래서 간독이 기왕을 비롯한 무당파 제자들을 데리고 나온다면 호위를 하라는 것이었다.

하지만 위불성은 야별성의 대대적인 공격에 이어 새로운 위기감을 느꼈다.

"전군, 정지."

중마위군이 일제히 걸음을 우뚝 멈춘다.

위불성은 눈을 가느다랗게 뜨며 풀숲 쪽을 노려봤다.

"어떤 위인이신지는 모르오만, 쥐처럼 숨어 계시지 말고 모습을 드러내는 게 어떠시겠소? 밤새 이슬을 맞느라 고생이 많으셨을 텐데."

"후우우! 그도 그렇지? 역시 이 빌어먹을 수하 놈들보다 적이 더 잘 이해를 해 준다니까?"

짧은 넋두리와 함께,

"혼자서는 잘도 싸돌아다니면서 우리에겐 흙냄새나 맡으라고 하는데, 그럼 어느 누가 기분이 좋겠소!"

"바다 냄새를 다시 맡게 해 준다더니 이렇게 진흙탕에서 구르기나 하고. 대체 문주는 생각이라도 있는 게요?"

"그럼 우리는 떠날 테니 어디 문주만 남아 볼 텐가?"

힐난이 한꺼번에 쏟아진다.

넋두리를 터뜨린 사람은 단숨에 자라목이 되었다.

"아니. 꼭 그런 건 아니고."

"하여간 속이 터져서 원."

"야! 그래도 내가 명색이 문주인데, 남들 앞에서 이러는 건 좀 아니지 않냐? 기 좀 살려 주면 어디 덧나냐?"

"덧나오! 덧나! 됐수?"

"에휴. 내 팔자야."

위계질서라고는 눈을 씻고 찾아봐도 찾을 수가 없는 망측한 집단이다.

하지만 위불성을 비롯한 중마위군은 잔뜩 긴장했다.

자유분방함 속에 숨어진 잘 든 칼날.

이대로 베이는 것이 아닐까 의심스러울 정도다.

더군다나 그들은 이들을 잘 알고 있었다.

"해남검문⋯⋯."

"흐흐흐. 오랜만이야, 위 형. 아, 지금은 군주라고 해야겠지? 하여간 그동안 잘 지냈어?"

모용경이 가볍게 손을 흔든다.

"그쪽이야말로 문주가 되었단 말을 들었소. 축하하오."

위불성은 중마위군을 맡기 전에 최전선을 주로 돌아다니며 명성을 쌓았다. 배신자라는 오명을 쓴 무당파의 명예를 바로 세우는 길은 자신이 피를 흘리는 것밖에는 없다고 생각했기 때문이었다.

모용경은 바로 그때 만났다.

해안가를 바탕으로 벌어진 야별성과의 전투.

거기서 막 해남도에서 실권을 틀어쥐기 시작한 모용경과 무당파의 명예를 짊어진 위불성이 만나 겨뤘다.

결과는, 위불성의 패배.

하지만 그때의 일이 자극이 되어 그 후로 위불성은 절치부심 노력을 해 중마위군의 수장이란 요직을 맡을 수가 있었다.

"이렇게 만나게 되니까 감회가 새로운데?"

"나 역시 그렇소. 다만, 의외요."

"뭐가?"

"련주께 해남검문이 야별성에서 탈퇴했다는 말은 들었소만, 실상은 황궁에 줄을 대고 있을 줄이야."

모용경은 어깨를 으쓱거렸다.

"어쩔 수가 없었어. 내 아버지가 조정의 관료여서."

"해남도를 먹기 위해 황실이 아주 오래 전부터 손을 대고 있었던 거구려."

"뭐, 비슷해. 야별성에 끈을 댈 필요가 있었으니까."

모용경의 지배 체제가 확립되기 전까지, 해남도는 야별성의 일원이면서도 제대로 된 힘을 내지 못했다. 언제나 의견이 분열되기 때문이었다. 하지만 여기에 황실이 모용경을 밀어 넣고 암중에서 지원을 하면서 일통이 이뤄졌던 모양이다.

'저들의 마수는 아주 오래전부터 있었구나.'

위불성은 전신에 소름이 돋았다.

'그렇다면 역시나 련에도……!'

이유명만 있었다지만, 그만 있으란 법이 있는가.

더구나 저들은 기다렸다는 듯이 중마위군이 지나는 자리에 떡 하니 나타났다.

어디선가 작전이 새고 있단 뜻이었다.

그 말인즉,

'련주가 위험하다! 간독도! 련도!'

누군가가 중추에 스며들어 무신련의 사정을 면밀히 살피고 있다면 삼군으로 나뉘어 서진하는 무신련의 이동도 황룡각에서 읽고 있다 여길 수밖에 없다.

'함정이다!'

위불성의 눈이 부릅떠진다.

이건 치밀하게 계산된 덫이었다.

무성을 무신련과 분리하기 위한, 그래서 무성을 고립시키기 위한, 그렇게 무신련도 멸문시키기 위한, 덫.

여태 부처님 손바닥 위에서 논 손오공이었던 셈이다.

스르릉!

바로 그때, 모용경이 검을 뽑았다.

"잡생각은 거기까지. 이제 슬슬 우리도 승부를 봐야지?"

위불성은 조용히 검병으로 손을 가져갔다.

목종의 웃음이 짙어진다.

"그러니 묻고 싶어. 도대체 무슨 생각이었나? 호랑이의 굴에 스스로 발을 들이다니. 그렇게 멍청한 짓을 저지를 위인이라고는 생각해 본 적이 없는데 말이야."

"……."

하지만 무성은 여전히 대답이 없었다.

그저 인형처럼 무뚝뚝하다.

스스로 함정에 빠졌다는 자각이 아예 없는 걸까.

아니면 공포에 젖어 생각을 잊어버린 걸까.

대꾸조차 없는, 미동도 하지 않는 무성을 보고 있노라니 목종은 화가 난다기보다 어이가 없을 정도였다. 도대체 녀석은 뭘 믿고 있는 걸까? 그냥 생각이 없는 건가?

처음부터 끝까지, 균현의 저잣거리에 들어서고 나서부터 지금까지 무성은 아무런 감정 표현도 하지 않았다. 입 한마디 열지 않고 묵묵히 적을 상대하기까지 한다.

지금도 그렇다.

어떻게 보면 마치 혼이 달아난 사람 같다. 꼭 다른 세상에 있는 사람만 같다.

순간, 목종의 눈이 번뜩였다.

'날 보고 있지 않아!'

그제야 뒤늦게 사실을 깨닫는다. 무성에게 자신들 따윈 눈에도 들어오지 않는 것이다.

"감히……!"

얼굴이 잔뜩 일그러진다.

기실 목종은 '무시당한다'는 사실을 가장 증오한다.

이유는 간단하다.

자신이 한평생 그림자로 살았기 때문이다.

거짓된 삶을 살면서, 어느 누구에게도 허심탄회하게 속마음을 나누지 못하는 삶을 살면서, 오로지 철저한 계산과 가면을 쓰는 삶을 살면서, 그 어떤 것을 가지더라도 사실은 '진짜 자신의 것'이 아닌 삶을 살면서 그는 성정이 비뚤어졌다.

과시를 하고 싶다, 주목을 받고 싶다, 명예를 얻고 싶다, 독식을 하고 싶다, 인정을 받고 싶다, 군림하고 싶다. 설사 그것이 전부 거짓된 것이라 할지라도. 신기루에 불과하더라도 잠시나마 이 손에 담고 싶다.

그래서일 것이다.

목종이 낭왕이 되어 모든 낭인들의 존경을 받는 것도. 스스로를 끝없이 단련시키고 변환시켜 그렇게 되었다. 그래야만 조금이라도 스스로에게 보상이 되지 않겠는가.

또한, 그래서였다.

이번에 무성을 비롯한 무신련을 잡는 데 스스로가 가장 먼저 나서겠다고 자원한 것도.

금의위와 동창도 해내지 못한 것을, 한평생 강호 속에 숨어 거짓된 삶을 살아야 했던 이 몸이 해냈노라고 세상천지에 알려 명예와 명성을 얻고 싶었다.

그래서 가만히 자리에 앉아 편하게 무신이라는 명예를 얻은 건방진 애송이, 창붕을 거꾸러뜨리고 싶었다.

질투.

그래. 단순히 질투라고 해도 된다.

무성을 둘러싼 수하들로 하여금 녀석을 치라고 명령을 내리려던 바로 그때였다.

무성의 입이 처음으로 열렸다.

"그렇군."

너무 오랫동안 말을 하지 않았기 때문인지 목소리가 칙칙하다. 하지만 그의 눈동자는 생기를 띠기 시작했다.

목종이 뭐라 고함을 지르려는데,

"역시나 련 내에 황룡각의 세작이 있었어."

목종의 몸이 흠칫 굳는다. 단 두 단어 때문이었다. '황룡각'과 '세작'이란 단어.

"어떻게 안 것이냐?"

으르렁거린다. 생사 대적을 만난 맹수처럼.

하지만 무성은 여전히 목종에게 관심이 없었다.

"균현으로 오는 내내 생각했지. 그렇게 오랫동안 련의 이목을 숨기고 강호를 감시, 통제하고 있었다면 지금과 같은 극단적인 방식을 동원하기 전에는 이미 다른 방식으로 련을 제어하려고 노력하지 않았을까? 하지만 어째서 련은 그런 사실을 모르고 있었던 거지?"

폭포수처럼 말을 쏟아 낸다.

"사부님이 그런 사실을 눈치채지 못하셨다고? 방효거사께서 그걸 모르셨다고? 홍운재가 아무것도 깨닫지 못했다고? 말이 전혀 되질 않아."

갑작스럽게 등장한 황룡각.

이것은 무성을 비롯한 무신련에게 아주 직접적인 타격을 가져다주었다. 자칫 이대로 무신련이 사라질 수도 있으니. 지금 이 순간에도 아주 위태롭다.

"그렇다면 이유는 단 하나. 사부님과 거사님, 홍운재 장로님들의 눈을 가린 자가 바로 근처에 있었다는 뜻."

세작이 있었다. 바로 무신련 안에.

"그렇다면 그런 사람이 도대체 누가 있을까?"

무성의 눈이 차갑게 번뜩였다.

사실 처음부터 의심했어야 했다.

"아마도 련의 중추에 단단히 박혀 있겠지. 그는 련의 내정을 좌지우지할 수 있을 정도로 대단한 위치고, 평소 통치에 관심을 보이지 않던 사부님조차 속일 정도로 아주 가까운 측근이었어. 그렇다면 그다음을 이은 내 옆에도 있을 가능성이 클 테고."

이머 무성의 머릿속에는 무수히 난립된 조각들이 서서히 제자리를 찾아가고 있었고, 지금은 틀에 불과한 그것을 말하면서 정리를 해 나가는 과정이었다.

무성은 용의자를 총 다섯 명 안팎으로 잡았다.

이유는 간단하다.

무신 백율의 이목마저 숨겼다면. 그는 지난 수십 년 동안 흉심(凶心)을 속일 정도로 아주 대단한 자라고 봐야 한다.

"하지만 아무리 생각을 해 봐도 거기에 해당하는 사람은 있을 수가 없어. 그들 모두가 사부님께서 무신행을 시작하셨을 때부터 같이했던 최측근들이니까."

순간, 무성의 눈가에 슬픔이 깃들었다.

용의자의 면면은 아주 간단하다.

살아남은 홍운재의 장로들.

조철산, 석대룡, 고황, 그리고 천리비영.

처음 그 생각에 미치는 순간, 무성은 가슴이 찢어질 것만 같았다.

이게 말이 되는가?

지금 내가 생각을 잘못하고 있는 건 아닐까?

사실 이들 네 명은 무성에게도 아주 중요한 사람들이다. 복수를 마치고 길을 잃어 방황하는 그에게 처음으로 손을 내밀고 길을 안내해 주었던 고마운 사람들. 무신 백율이 아버지 같았다면, 이들은 어머니같이 따스하고 포근한 존재들이었다.

그런 사람들을 의심하라고?

절대 제정신으로 할 수 있는 짓이 아니었다.

그래서 처음에는 부정을 했다.

내가 잘못 생각했나 보다. 너무 예민하게 받아들였나 보다. 내 잘못으로 련이 이 지경에 처했는데, 위험에 빠졌는데 지금 다른 사람에게 책임을 돌리려 한다. 어찌 이런 못난 짓을 하고 마는가.

하지만 사실 관계를 따질수록 무성은 더욱더 자신의 추측이 옳다는 확증을 얻었다.

어느 누구의 의심도 없이 야별성을 무신련 깊숙한 곳에 데려올 만큼 신뢰를 받는 자여야 한다.

야별성의 공습을 끌어들인 건 영호휘와 이유명이었다지만, 그것은 전혀 모르는 소리다. 두 사람 외에 다른 누군가의 협조가 없었다면 시도조차 불가능했을 것이다.

무신련과 야별성의 공멸을 바란 누군가의 암묵적인 동조가 없었더라면.

무신련과 야별성, 두 곳의 사정을 손바닥 위에 올려놓은 것처럼 한꺼번에 파악할 수 있을 만큼 대단한 안목을 지닌 자가 배후에서 조종하지 않았더라면.

상대는 아주 무서운 자였다.

그리고 그는 '기왕이 무당산으로 갔다'는, 무성을 비롯해 홍운재 장로들밖에 모르던 사실을 항룡각에 흘리면서 마각(馬脚)을 드러냈다.

"이 사람이야말로 황룡각의 '진짜'가 아닐까? 대영반이 황룡각의 심장이라면, 이자는 황룡각의 머리. 그런 사람을 끌어내리려면 날 팔 필요가 있었어."

황룡각의 머리. 황룡각의 그림자. 그림자의 그림자로 살아온 자가 있다는 말은, 목종의 심장을 싸늘하게 만들어 버렸다.

황룡각의 여섯 각주들도 겨우 알고 있는 사실을, 저자가 알아냈다고?

그리고 그것을 끌어내려 자신을 희생시켰다?

순간, 무성의 눈이 차갑게 빛난다.

"련을 한데 뭉쳤기 때문에 그림자를 찾을 수가 없어. 그렇다면 최대한 낱낱이 나누어 솎아 낼 필요가 있었지. 그래. 그래야만 동향을 읽을 수 있을 테니까."

무성은 중마위군을 움직여 낭천막을 급습했다. 련을 세 개로 나누어 서진시켰다.

처음 이 작전을 구사했을 때, 간절히 바랐다. 절대 황룡각이 이 사실을 눈치채지 않았으면 한다고. 이걸 그들이 뒤늦게 알아차린다면 자신의 우려는 단순한 기우(杞憂)로 끝났을 테니.

그렇다면 나중에 죄 없는 홍운재 장로들을 의심한 죄를 고백할 생각이었다.

하지만 이것으로 확실해졌다. 황룡각은 기다렸다는 듯이 움직였다. 무신련의 기밀을 낱낱이 꿰뚫어 봤다. 인력, 구성원, 이동 경로, 이동 시기, 장소 및 위치까지.

그렇다면 나누어야만 한다. 그래서 배후 그림자가 어떻게 움직이는지 파악해야 했다. 거리가 멀어진다면 어떻게든 반응을 보일 테니.

그래서 네 장로들을 모두 나눴다.

"그리고 떠나기 전에 네 분들께 서로 다른 명령을 내렸어. 회의에서는 나누지 않았던 명령들에 대한 반응을 통해 날 미끼로 던진다면 어떻게든 황룡각이 움직일 거라 판단했으니."

그리고 그 미끼는 아주 빨리 찾아왔다.

무당산. 기왕. 그리고 낭천막.

무성이 목종에게 설명을 하듯이 이렇게 넋두리를 늘어놓는 이유는 아주 간단하다.

아직도 마음이 심란하기 때문에.

네 장로들 중에 범인이 있다는 사실 때문이다.

그래서 이렇게 말을 하면서 감정을 삭이고 싶었다. 이를 악물고서 썩어 가는 환부를 찾고 싶었다.

균현에 나타나 이곳까지 오면서 여태 아무 감정도 표현하지 않으려고 했던 이유?

이 역시 간단하지 않은가.

당장 감정을 억누르지 않으면 눈물을 쏟아 버릴 것만 같았으니까.

지금 무성은, 화가 난다기보단 슬펐다.

"……!"

목종은 주먹을 부들부들 떨었다.

도대체 이게 무슨 소린가?

그렇다면 무성은 무신련 내에 박혀 있는 어떤 누군가를, 정체조차 알 수 없고, 존재 여부조차 불투명한 자를 찾기 위해 스스로를 극한으로 내몰았단 뜻이 아닌가?

그렇다면 여기에 덥석 반응한 자신들은? 도대체 어떻게 되는 거지?

'피해야 한다.'

목종은 목이 타들어 갔다. 입 안이 바싹 말랐다. 알 수 없는 불안감이 들었다. 한평생 낭인으로 살아오면서 그를 위기 때마다 구해 준 본능이 경종을 울렸다.

'아니. 아니다. 내가 왜 피해야 하지?'

그러다 목종은 마음을 다잡았다.

아무렴 어떤가. 무성이 '그'의 존재를 예측했다고 한들 달라지는 것은 전혀 없다.

'이미 무신련의 삼군(三軍)은 지금쯤 본 각에서 동원한 일만 관군들을 맞이하고 있을 터. 역심을 품은 역적 도당들을 일거에 쓰러뜨릴 절호의 기회다. 공을 세울 마지막 남은 기회를 걷어찰 순 없어!'

목종의 이성이 마비된다. 야망이 꿈틀거린다. 지난 수십 년 동안 어째서 이 고난한 길을 택했던가. 왜 아무도 알아주지 않은 이 일을 자처해서 받아들였던가.

바로 이 순간, 오로지 큰 공을 세워 출세를 하겠다는 야심이 있었기 때문이 아니던가!

그걸 단순히 위험하다고 해서 걷어찰 순 없다.

아무리 뭐라고 그래도 이미 한번 잡힌 승기를 녀석이 뒤집을 순 없다.

오늘로써 창붕은 목이 잘리고, 무신련은 사라진다.

그것만이 세상이 알게 될 유일한 사실이다.

하지만,

"그리고 이제 미끼를 던졌으니 나타나겠지. 그렇게 생각하지 않나?"

이제 무성이 처음으로 목종을 쳐다봤다. 그런데 그 눈동자를 마주한 순간, 또 한 번 목종은 놀라고 말았다.

'울고…… 있어?'

최대한 겉으로 감정을 드러내지 않으려고 노력하고 있으나, 그 속에서 흔들리는 눈동자를 못 읽을 리가 없다. 녀석의 감정은 소용돌이치는 바다처럼 격랑을 쳤다.

"아, 거! 쫑알쫑알 시끄럽기만 하네! 천하의 무신련주가 이렇게 주둥이가 가벼운 놈이었나? 그냥 뒈질 것이면 혀 깨물고 뒈질 것이지! 고작 그딴 거에 신경을 쓰나?"

그때 성미가 급한 창양조의 수장, 풍랑귀도(風浪鬼刀) 동일위(董逸偉)가 인상을 잔뜩 찡그렸다. 그도 그럴 것이 무성이 여태 넋두리처럼 읊은 말들을 그는 전혀 이해하지 못하고 있었다.

그래도 존경하는 목종이 가만히 듣고 있어 나서지 않았던 것이지만, 하고 싶은 것만 하면서 살아온 그로서는 지금까지 참은 것만 해도 아주 대단한 일이었다.

'이 멍청한 놈이!'

하지만 목종은 그런 녀석이 짜증 났다. 이게 대체 무슨 짓인가! 감정이 격해진 맹수만큼이나 건드려서는 안 되는 게 없다는 것도 모른단 말이냐!

무성의 눈이 녀석에게로 향한다.

"지금 고작 그딴 거라고 했나?"

순간, 좌중을 감싸는 분위기가 확 뒤집어진다.

'이, 이건 무슨……!'

특히 무성의 기도를 한 몸에 받게 된 동일위는 저도 모르게 안색이 창백해진 채로 주춤 물러서고 말았다.

"지금 그 말, 그대로 돌려주지."

그의 말이 끝나기 무섭게,

"지금 그 말, 기다렸다고!"

휙!

갑자기 적망단이 칼날을 옆으로 돌리면서 창양조를 급습했다.

창양조는 갑자기 들이닥친 칼날에 속수무책으로 당했고, 동일위는 어떻게 반응을 하기도 전에 적망단주 곽정(郭靖), 아니, 정확하게는 곽정의 인물을 연기한 자의 칼날에 목이 달아났다. 피에 흠뻑 젖은 톱니 칼날, 거치도가 모습을 드러냈다.

그것이 신호탄이었다.

"이게 무, 무슨……!"

목종이 뭐라고 하기도 전에,

와장창창!

무성은 자신을 옥죄던 쇠사슬을 단숨에 부쉈다. 엄청난 기세를 흘리며 싸늘하게 식어 가는 그의 눈가에는 한 줄기 눈물이 흐르고 있었다.

第九章

가슴 속에 돋힌 가시

낭천막 사이로 혼란이 닥쳤다.

"어, 어떻게 이런 일이……!"

갑작스레 적망단이 배신한 데다가, 무성까지 쇠사슬을 깨 버릴 줄이야!

목종은 그제야 황룡각에서 무성에 대해 적어 놨던 특기 사항 중 한 가지를 떠올릴 수 있었다.

묵혈 학적의 유일전인(唯一傳人)

지금은 사람들 뇌리에서 사라진 사건이지만 조정에다 쓴소리를 담은 상소를 올리다가 직접 황제의 분노를 사서 사형 선고를 받은 말직 관료가 있었다.

본래 그는 뛰어난 학식과 재상의 자질을 타고나 출사 후에 승승장구를 해야만 하는 존재였다.

하지만 그의 대나무처럼 꼿꼿한 성정과 따스한 성품은 갖가지 오물을 뒤집어써야만 하는 조정에 너무나 어울리지 않는 것이었다.

더군다나 뒤늦게 가서는 그의 출신이 문제가 되었다.

묵가. 겸애를 바탕으로 민중의 목소리를 담아 권력층에 대항했던 사상가.

당연히 한(漢)나라 이후로 중원의 정통 학문을 자처하는 유학을 숭배한 기존 관료들의 눈에 그는 눈엣가시 같은 존재였다.

그렇기 때문에 내쳐졌고, 세상에서 사라졌다.

그가 품은 이상과 뜻을 제대로 틔우지도 못한 채.

묵혈 한유원.

이 나라를 백 년 이상 더 부흥시켰을지도 모르는 귀중한 인재는 그렇게 묻혀야만 했다.

하지만 황룡각에서는 그를 죽이지 않았다.

북궁검가에서 사형수를 필요로 한다는 사실을 입수한 그들은, 어쩌면 무신련을 뒤흔들 중요한 패가 될지도 모른다는 생각에 그쪽으로 정보를 흘렸다.

그런데 뜻하지 않게 그 결과로 무성이 탄생했다.

사실 목종은 그런 항목을 직접 봤으면서도 별반 크게 눈에 담지 않았었다.

오랜 세월 조정에서 벗어 나와 낭인 생활을 해 왔던 그로서는 묵가가 주는 무게감을, 묵혈이 주는 위력이 어떤 것인지를 전혀 몰랐다.

무신련을 병탄시키기 위해 나섰던 진성황과 자항이 호되게 당하는 것을 직접 봤으면서도, 무성의 지략(智略)이 얼마나 대단한지 제대로 간파하질 못했다.

아니다.

'난 분명히 파악했다! 녀석이 그걸 넘어선 것일 뿐이야!'

목종은 오랜 세월 동안 전장을 전전하며 살아왔던 몸. 당연히 상대를 깔보았다가 큰코다치는 멍청한 짓은 하질 않는다. 어떤 일을 하든지 간에 수십 번이고 계획을 살피고 수정하면서 완벽하다 싶을 때만 직접 나선다.

그런데도 실패한 이유는 간단하다.

무성이 가진 그릇이 그를 뛰어넘었단 뜻이다.

무신 백율!

강호의 그 어떤 강자도 감히 백율을 넘어서지 못했던 것처럼!

콰콰콰콰!

칼바람이 불어닥친다. 피바람이 분다.

"이 빌어먹을 놈들이 감히 배신을……!"

"죽여 주마!"

갑작스러운 기습으로 창양조가 너무나 허망하게 쓰러지자,
다른 사대 낭막인 백검회와 흑산이 다급하게 적망단을 막아 나
섰다.

각각 좌우를 점거한 채 포개듯이 적망단을 찔러 간다.

하지만 곽정, 아니, 곽정으로 변장한 마구유를 당해 낼 수는
없다.

이미 무성으로부터 혼명에 대한 쓰임새를 익혀 한 단계 높은
경지에 도약하는 데 성공한 그는, 그야말로 종횡무진 빠르게
놈들 사이를 헤집고 다녔다.

거치도가 걸릴 때마다 그대로 잡아당긴다. 그럼 뭔가가 잘리
는 소리가 아닌 찢기는 소리가 전장을 메운다.

"크아아아악!"

엄청난 고통에 찬 비명 소리와 함께 낭인들이 피를 토한다.

거치도의 칼날은 톱니. 그것도 끝이 낚싯바늘처럼 살짝 안쪽
으로 구부려져 있어 단순히 공격을 흘려 버리는 일 따윈 생각도

하기 힘들다.

마구유를 따라온 적망단도 매섭긴 매한가지다.

"야! 혈랑단주, 이 일 끝나면 알지?"

"걱정 마라. 새끼들아. 내가 여태 나쁜 짓은 죽어라 했었어도 다른 놈들 뒤통수친 적은 없으니. 약속한 건 반드시 지킬 거다."

그때 적망단원 중 한 녀석이 얼굴을 덮고 있던 복면을 홀쩍 벗었다.

그가 바로 진짜 적망단주 곽정이다.

"이래 봬도 낭왕을 제치는 일이라고. 내가 얼마나 심사숙고했을지 잘 기억해 둬야 할 거야."

곽정과 마구유는 따지자면 악우(惡友)에 가깝다.

거친 고비 사막을 바탕으로 서로가 잘났다며 칼을 겨루던 혈랑단과 적망단.

하지만 그 과정에서 혈랑단은 사라졌고, 적망단은 사막의 일인자가 될 수 있었다.

그러나 넓은 사막을 제패했어도 적망단에게는 단 한 가지 비원이 있었다.

바로 풍요로운 땅을 밟아 보는 것.

"하! 말 새끼가 개 새끼 낳는 소리 하고 앉았네. 네놈들 같은 도적놈들이 무슨 의리고 나발이야? 이익이 되면 그냥 챙기는 거지."

"낄낄낄낄."

곽정은 굳이 부정하지 않았다.

"이쪽은 무신련이다. 약속 따윈 안 어겨."

"비록 망했지만."

"네놈들은 빌어먹게도 그 망한 집단에 줄을 댄 거야."

"어차피 남자가 되어서 크게 한번 놀아야 하지 않겠나? 하하하하하하!"

목종을 쳐서 낭왕의 자리를 빼앗고, 적망단을 낭인들의 세계에서 제일로 만들며, 무신련의 비호를 바탕으로 중원에 기반을 잡는다.

이 모든 걸 쟁취하기 위해서라도 곽정은 모든 걸 던질 생각이 있었다.

"자, 그럼·애들아. 놀아 보자꾸나!"

삼백 명이나 되는 짐승들이 날뛰기 시작했다.

*　　　*　　　*

"대체…… 저 망할 짐승들을 어떻게 다룬 것이냐?"

목종은 이글거리는 눈으로 무성을 노려봤다.

무성은 언제 눈물을 흘렸는지 모를 만큼 싸늘한 눈으로 돌아와 있었다.

"련 내의 세작을 걸러 내려면 한 가지 방법밖엔 없소. 날 미끼로 쓰고 귀병가로 색출하는 것."

"저들을 어떻게 다룬 것이냐고 묻지 않느냐!"

"말하지 않았소? 귀병가를 썼다고."

목종은 이맛살을 찌푸리다가 뒤늦게 말뜻을 알아차렸다.

"그……렇군. 전부 눈속임이었던 건가?"

무성은 귀병가를 이용해 무신련의 행사라면서 낭천막의 각 지부를 공격했다.

당시 목종은 쓸데없는 짓을 한다면서 코웃음을 쳤다. 그런 짓을 해 봤자 하급 낭인들밖에 안 흔들린다는 생각에서였다.

더불어 서진하는 무신련을 조금이라도 숨기기 위해 강호의 이목을 돌린다고 판단했다.

그런데 사실 그런 것 따윈 아무것도 아니었다.

그 속에는 진짜 숨은 패가 있었다.

낭천막 사이로 조용히 숨어드는 것.

적망단을 회유해 버린 것이다.

"크하하하하하하하! 이 몸이 당해 버린 건가?"

목종은 세상이 떠나가라 크게 웃다가 이내 미친 사람처럼 갑자기 뚝 그쳤다. 두 눈이 차갑게 번뜩인다.

"이게 전부 끝은 아니겠지?"

"물론."

무성은 가만히 고개를 끄덕였다.

"아마 지금쯤이면 기왕 전하께서 무사히 탈출을 완료하셨을 거요."

"……!"

*   *   *

위불성을 비롯한 중마위군은 일제히 한쪽 무릎을 지면에다 찍으며 고개를 숙였다. 본래 주군인 련주에게만 취해야 하는 예지만, 상대는 황족. 절대 예를 게을리해서는 안 된다.

더군다나 무성은 상대를 단순한 군왕이 아닌, 더 높은 자리에까지 올릴 생각이지 않던가.

"기왕 전하를 뵙습니다."

"기왕 전하를 뵙습니다."

기왕은 상당히 심한 고생을 해 왔다는 걸 증명이라도 하듯이 짧은 시간 동안 꽤 많은 세월을 맞은 듯했다. 수척한 얼굴로 고개를 끄덕인다.

하지만 한때 군부를 좌지우지했던 제왕의 풍모는 전혀 사라지지 않았다.

아니, 도리어 지난 시간 동안 겪은 고난으로 더욱 야망에 불이 붙은 모양새다. 야윈 얼굴 사이로 드리운 두 눈은 어느 때보다 뜨겁다.

기왕은 정상에서부터 이곳까지 자신을 호종한 백산 진인을 비롯한 무당파 인사들에게 괜찮다며 손을 저었다.

"이제부턴 내가 걷겠다."

백산 진인과 무당파 제자들이 조용히 뒤로 물러선다.

기왕은 두 눈에 단단히 힘을 주며 여전히 일어날 생각을 않는 중마위군을 내려다봤다.

"진 장군은?"

무성을 말함이다.

"길을 열고 있사옵니다."

"다른 사람들은?"

"……"

"그런가? 이제 과인에게 남은 건 그밖에 없는가?"

기왕은 가만히 중얼거린다.

위불성이 말한다.

"왕부의 군사들은 본 련의 병력과 함께 서쪽으로 이동 중이며 벽해공주께서는 선두에서 그들을 이끌며 나서고 계시옵니다."

"그래도 다행히 내가 딸 하나는 잘 키웠나 보군."

기왕은 그제야 기분이 풀렸는지 한 차례 피식 웃고는, 무당파 제자들을 돌아봤다.

"고마웠다, 모두들."

"아니옵니다."

백산 진인을 비롯한 무당파 인사들이 모두 감읍하듯이 고개를 숙였다.

"아니. 과인이 어찌 그대들의 수고를 모르겠느냐? 자칫 역적으로 내몰려 산이 불에 탈 수도 있는 일이었거늘. 그러니 절대 잊지 않을 것이다. 과인이 이 땅에 돌아오는 날, 무당파도 다시 중흥을 맞으리라."

인사들은 모두 고개를 숙이고서 아무런 말도 하지 않았다.

하지만 그들은 모두 느낄 수 있었다.

기왕의 두 눈에 자리 잡은 불꽃.

믿었던 황제로부터 배신을 당하고, 세상으로부터 버림을 받고, 이제 아무것도 남지 않은 자는 새로운 도약을 준비한다.

그들 모두를 뛰어넘을 도약을.

"세상이 과인을 이렇게 만들었으니, 과인이 그 세상을 손에 잡아야만 하겠다."

흉중에 담은 속내를 직접 밝히며 몸을 다시 돌린다. 위풍당당한 기세로 외친다.

"그럼 가자. 길을 열어라."

중마위군은 기왕을 에워싸 보호한다.

위불성은 백산 진인과 짧은 눈인사를 하며 고개를 돌렸다. 너무 오랜만에 이뤄진 지인과의 해후였지만, 회포는 그것으로도 충분했다.

그렇게 중마위군은 북쪽으로 움직이기 시작했다.

*　　　*　　　*

"하, 하하하…… 천하의 모용경이 이렇게 된통 당할 줄이야."

중마위군이 떠나간 자리.

모용경과 해남검문은 닭 쫓던 개 신세가 되어 멍하니 섰다.

문도들은 영 마땅치 않은 기색이 역력했다.

"이보쇼, 문주."

"왜?"

"지금이라도 달려가서 놈들의 뒤통수를 휘갈기면 안 됩니까? 이렇게 먼 길을 와서는 헛된 수만 쓴 게 아니오. 답답해서 미치겠수다."

흥이 깨진 건 그들도 마찬가지였다. 무신련 최고의 정예들과 겨뤄 볼 기회라면서 희희낙락했었는데, 별다른 승부도 못 보고 끝나 버리고 말았으니.

"야."

"왜 그러오?"

"넌 너희들 문주가 거짓말쟁이로 몰리는 걸 보고 싶냐?"

"크흠!"

문도들은 쉽사리 대답하지 못하고 저마다 침음성을 흘렸다.

모용경과 직접 부딪치기 직전, 위불성이 그에게 한마디 말을 건넸다.

"련주께서 혹시나 그대를 만나게 되면 전하라고 하셨소. 지난번의 은(恩)을 절대 잊지 말라고. 친구가 되고 싶은 마음이 진짜라면 그 뜻을 보이라고."

초왕부의 반란이 있을 무렵에 무성과의 승부에서 패배를 겪으면서 했던 약속. 그것을 지키라고 하는 것이다.

무성은, 애초 그들이 여기 있다는 사실을 알고 있었다.

어떤 수를 썼는지는 몰라도, 그 말을 듣는 순간 모용경은 등골이 오싹해졌다.

만약 여기서 약속을 어기고 중마위군을 친다면, 낭천막의 다음 차례는 해남검문이 될 거란 경고.

처음부터 그 정도는 각오를 했지만, 직접 마주하게 되니 쉽게 나설 수가 없었다. 그냥 부딪치는 것과 적에게 모든 움직임을 읽히면서 싸우는 것은 천지 차이니까.

결국 모용경은 검을 도로 검집에다 밀어 넣어야만 했다.

"여태 우리가 무신련을 손바닥 위에 올려놨다고 생각했잖아? 그런데 여태 잘못 알고 있었어. 그동안 손바닥 위에 있었던 건 우리였어."

"……."

문도들은 모두 입을 꾹 다물었다.

＊　　　＊　　　＊

간독은 손가락을 까닥거렸다.

"들어와."

하지만 검귀들은 주춤거리기만 할 뿐 쉽게 움직이지 않는다. 분명 간독을 에워싸 포위망을 갖추고 머릿수도 훨씬 많은데도 접근하질 못한다.

무성처럼 패기를 흘린다거나 하는 건 절대 아니었다.

그냥 접근이 어려웠다.

가까이 가면 바로 목이 떨어져 나갈 것 같은 기분.

전혀 알 수 없는 기분이 검귀들의 발걸음에 족쇄를 채워 버린다.

저것이 허세인지, 아니면 진짜 믿는 구석이 있어서 그런지는 모르겠다. 하지만 검귀들은 혼명이 주는 감각을 믿었다.

'뭔가 있다!'

간독이 씩 입꼬리를 말아 올린다.

"왜? 쫄려? 야. 너네들 전부 남자 맞냐? 걍 아랫도리에 달고 있는 거 떼라. 진짜 쪽팔려서. 어디 가서 내 후배라고 하고 다니면 죽여 버린다. 알겠냐?"

껄렁대며 도발해도 검귀는 꿈쩍도 않는다.

간독은 인상을 팍 찡그리면서 고개를 외로 꼬았다가 하나밖에 없는 팔로 뒷머리를 박박 긁었다.

"이것들이 진짜 어떻게 하자는 거야? 그냥 시간을 끌러 왔나? 날 잡으러 온 거 아냐? 그럼 어떻게든지 해야 하잖아?"

"……"

"죄다 벙어리 새끼들도 아니고. 대체 왜 이래?"

간독의 얼굴엔 짜증이 역력했다.

"그냥 멀뚱히 서 있을 거면 비켜! 괜히 앞에서 얼쩡거리지 말고."

저벅, 저벅, 간독이 녀석들을 지나치려 걷는다. 그런데 검귀들은 일정한 간격을 벌린 채로 같이 따라 움직였다.

"이 미친놈들이?"

간독은 이맛살을 찌푸리면서 이번엔 옆으로 걸었다. 역시나 검귀들도 따라 움직였다.

결국 그는 폭발하고 말았다.

"아, 좀! 비키라고!"

"……."

물론 대답 따윈 없다.

짜증도 상대가 전혀 듣는 기색이 없으면 어이가 없는 법이다.

"하! 진짜. 뭘 하고 싶은 거야?"

간독은 팔짱을 끼며 실소를 흘렸다.

하지만 답답한 건 도리어 검귀 쪽이었다.

『명령을 내려 주십시오!』

『명령을!』

『어떻게 해야겠습니까?』

『……』

전음이 쉴 새 없이 날아든다. 하지만 검귀들을 이끄는 오십 육귀가 묵묵부답이다. 그는 여전히 무심한 눈길로 간독의 일거 수일투족을 살핀다.

결국 검귀들의 답답함이 극에 달할 무렵,

"뭐, 어쩔 수 없지. 네놈들이 계속 그렇게 있고 싶다면 있어. 언제까지 있을진 모르겠지만."

간독의 입꼬리가 씩 말려 올라가는 순간,

파밧! 팟!

갑자기 사방에서 이쪽을 향해 일련의 무리들이 빠른 속도로 달려오고 있었다. 그들은 기질을 절대 숨기지 않겠다는 듯, 엄청난 기세를 일으켰다.

당연히 기감이 예민한 검귀들이 놓칠 리 만무하다. 복면 아래로 드러난 눈동자가 눈에 띄게 흔들린다.

『이, 이건!』

『오십육귀!』

『……』

그러나 여전히 명령은 없다.

어떻게 해야 하나 잠시간 혼란이 치달을 무렵, 간독이 깜빡했다는 듯이 박수를 쳤다.

"아, 맞다. 말하는 걸 깜빡했네. 너네들 대장 말인데."

검귀들의 시선이 간독에게로 쏠린다.

간독이 한쪽 입술 끝을 비틀었다.

"뒈진 지 오래야."

『……!』

『……!』

말이 끝나기 무섭게,

쿠르릭! 털썩!

오십육귀의 눈동자가 뒤집어지면서 허물어졌다.

검귀들의 눈이 커진다.

"운무독해. 독은 이렇게 사용하는 거란다, 후배들아."

북명검수 때부터 이어져 오던 살공! 검귀들도 당연히 익히고 있는 기예였건만, 간독은 녀석들 따윈 가볍게 누르는 실력을 선

보였다.

"그리고 북궁대연 아저씨가 가르쳐 주지 않던? 적을 사냥하려면 아주 은밀하게 움직이라고. 그런데 이렇게 대놓고 움직이면…… 내가 도리어 잡아 버리고 싶어지잖니."

비틀린 입술 사이로 송곳니가 번뜩인다.

부르르!

검귀들의 등골을 따라 소름이 돋는다. 그 순간에서야 절실하게 깨달았다.

완벽하다고 생각했던 자신들의 실력은 여전히 간독의 발끝에도 미치지 못하며, 사냥개라고 생각했던 자신들은 사실 사냥감에 불과하다는 사실을.

팟! 팟!

결정이 선다면 행동은 빠르다.

검귀들은 일제히 등을 돌리며 탈출을 시도했다.

"들어올 때는 마음대로라도 나갈 때는 아니란다!"

간독은 비수를 잔뜩 꺼내 들며 녀석들에게로 날렸다. 적에게 훤히 등을 드러내 놓다니. 아무리 급하다지만, 이 녀석들은 삼류 중에 삼류다.

파바밧!

팔비관청에 따라 허공을 가로지른 비수는 아주 시원스럽게 녀석들의 목덜미에 적중했다. 달리던 그대로 고꾸라지며 바닥을 구른다.

비수 하나에 검귀 하나씩.

손을 허공에 뿌릴 때마다 검귀가 마구 죽어 나간다. 무성의 공권도 마구잡이로 침범하던 녀석들이지만, 간독 앞에서는 속수무책이었다.

사실 녀석들과 간독 간에는 경지 차이가 그렇게 크지 않다. 숫자를 이용한다면 간독이 당할 터였다.

하지만 둘 사이에는 절대 메울 수 없는 차이점이 있었다.

기백.

무성과 함께 수많은 사선을 전전했던 간독에게 있어 이 정도 위기쯤은 눈 하나 깜빡하지 않고 뒤집을 수 있는 담력이 있었다.

하지만 검귀는 다르다.

북궁검가의 멸문 이후 여태 황실 측에 찰싹 달라붙어 복수만 꿈꾸었을 뿐, 직접 나서서 뭔가를 해 보려는 시도 따윈 없었다.

도구인 자와 도구가 아닌 자.

귀병은 도구로 키워졌으나, 결국 도구로서의 운명을 거부하고 북궁민을 치면서 스스로 운명을 개척했다.

그 자그마한 차이가, 지금의 결과를 낳았다.

퍼퍼퍽!

검귀들이 속속들이 나자빠지는 가운데, 간독의 마수를 겨우 벗어난 녀석들은 새로운 적을 맞았다.

"기다리고 있었다!"

"여태 본 문을 잘도 농락하였으니 그대로 돌려주마!"

새하얀 도복을 입은 자들. 바로 백산 진인을 중심으로 한 무당파 제자들이었다.

기왕을 중마위군에게 인계한 후, 그들은 산을 크게 우회해서 단숨에 간독이 있을 지역으로 이동했다. 당연히 정확한 위치는 위불성이 귀띔을 해 주었다.

간독을 도와 달라는 말에 그들은 흔쾌히 승낙했다. 아니, 그런 부탁이 없었어도 도리어 자신들이 자처했으리라.

이미 무당파 문도들은 기왕의 탈출로 간독과 안면이 있었던 데다가, 무엇보다 여태 무당산을 봉쇄하며 계속 괴롭히기 일쑤였던 검귀에게 보복을 하고 싶었다.

당연히 간독을 피해 달아났던 검귀들로서는 절망 어린 결과였다.

특히나 무당파 제자들은 녀석들의 탈출 따윈 절대 허락지 않겠다는 듯이 지붕, 골목, 샛길 등 빠져나갈 수 있는 구역은 모두 봉쇄했다.

이곳은 균현. 무당파의 앞마당이다. 그런 곳에서 싸움을 걸었으니 이미 결과는 눈에 보듯 뻔한 일이다.

샤샤샥!

문도들이 질풍처럼 내달린다. 허공을 긋는 칼날이 검귀들과 부딪친다. 검귀들은 혼명을 일으키며 맞대응하려고 했지만, 무당파의 반격 역시 매섭다.

더군다나 비수가 교묘하게 사각지대를 파고들며 그들의 후미를 노리니, 검귀들은 속수무책이었다.

결국 녀석들의 피해는 기하급수적으로 늘어나더니 단 한 사람도 탈출하지 못한 채로 쓰러졌다.

간독과 피를 잔뜩 뒤집어쓴 백산 진인은 눈빛을 나누며 동시에 씩 웃었다.

*   *   *

"이, 이, 이······!"

목종은 몸을 부들부들 떨었다.

지금 무성이 한 말이 괜히 내뱉은 헛소리가 아니라는 것쯤은 쉽게 깨달을 수 있다.

당했다.

자신은 철저하게 무성에게 당하고 말았다.

"그리고 이번 일로 본 련에 침투했던 세작에 대한 흔적도 찾을 수 있었소. 낭왕께는 감사할 따름이오. 이렇게 내게 좋은 기회를 주었으니."

살짝 냉소를 흘린다.

그 순간, 목종의 머릿속에서 무언가가 툭 끊어졌다.

"이노ㅇㅇㅇㅇㅇ옴!"

팟!

목종이 무성에게로 몸을 날린다.

칼을 빼 든다. 오늘날의 낭왕을 있게 했던 제랑도(帝狼刀)다. 낭인들의 제왕이 되고자 젊은 시절에 붙였던 이름이었다.

그 뒤를 이어 낭아칠천이 따랐다.

은섬창은 창을 곧추세우며 앞으로 튕기듯이 날아오른다. 종 대선생은 바로 뒤에서 철추를 날려 후미를 지원했다. 심월상인은 눈을 감은 채 이상한 주문을 외워 대고, 열화신도는 은섬창의 옆을 나란히 달린다.

대청진인과 옥수도, 독시봉은 우회를 하면서 무성을 공략하고자 했다.

그 뒤는 백검회와 흑산이 단단히 받친다. 두 곳은 적망단을 상대하느라 정신이 없지만, 일부는 녀석들을 맡고 대부분은 무성을 잡고자 했다.

어차피 그들의 목표는 무신련주를 꺾는 것.

그래서 낭왕과 낭천막의 이름을 하늘 높이 세워 낭인들의 세계를 이룩하는 것이었다.

휘리리릭!

무성은 붕익신마기를 한껏 뽑아내면서 영검을 열 자루나 만들어냈다.

쉭! 쉭! 쉭! 쉭!

영검이 하늘 위로 솟구친다.

오롯하게 드러난 이기어검 앞에서 녀석들은 잔뜩 긴장한 기색이 역력했지만, 전혀 신경 쓰지 않는다는 듯 전력투구를 다했다.

이윽고 영검이 아래로 떨어진다.

검귀들이 몰살을 당한 것을 이미 한 번 본 터라, 낭인들은 영검에서 시선을 거두지 않았다.

하지만 영검이 포물선을 그리며 떨어진 장소는,

콰쾅! 콰콰쾅!

그들의 예상과 달리 머리 위가 아니라 바깥쪽이었다.

대체 무엇을 노리려는 걸까?

무성의 노림수는 바로 그 뒤에 이어졌다.

쿠쿠쿠!

"어? 어!"

"이, 이럴 수가!"

지반이 흔들리기 시작한다. 마치 지진이라도 일어난 듯이 거북이 등껍질처럼 지반 곳곳이 갈라지면서 균열이 일어났다.

마치 고슴도치처럼 잘게 부서진 조각들이 일어나거나 가라앉기를 반복한다. 균열에서는 엄청난 열풍이 불어닥치면서 낭인들의 디딜 곳을 모두 없애 버렸다.

땅속으로 침투했던 영검은 파산검훼에 따라 폭발. 잘게 부서지면서 사방으로 흩어졌다. 당연히 충격파는 지반 아래를 그대로 휩쓸어 버린 것이다.

전혀 생각지도 못한 공격 방식에 낭인들은 달리던 그대로 고꾸라지거나, 균열 아래로 발이 빠졌다. 재수가 없는 자들은 열풍을 따라 솟구친 파편에 휩쓸려 목숨을 잃기도 했다.

무성을 둘러싸던 포위망이 잘게 부서지면서 단숨에 아수라장이 된다.

무성은 호기를 놓치지 않았다.

팟!

그는 단숨에 몸을 날려 가장 앞에 있던 은섬창의 창을 검결지로 가볍게 부러뜨리고, 몸을 팽이처럼 뱅그르르 돌리며 안쪽으로 파고들어가 장저(掌低)로 녀석의 심장팍을 후려쳤다.

퍽!

은섬창은 심장이 잘게 부서진 채로 허물어졌다.

무성은 은섬창의 시신을 지나 손을 앞으로 쭉 뻗었다.

궤적을 그리며 아래로 떨어지던 철추가 멈칫거린다. 널찍이 떨어져서 기다란 쇠사슬을 다루던 종대선생은 다급하게 안쪽으로 잡아당겼다.

무성의 속도가 워낙에 빠르니 원거리 무기를 잘못 사용하다 간 곤욕을 치를 것 같다는 생각이 든 것이다.

촤르륵!

아슬아슬하게 철추가 무성의 손에 걸리지 않고 안쪽으로 말려 들어간다.

대신 좌우에서는 열화신도와 대청진인이 접근하고 있었다.

"죽어!"

"뒈지십시오, 도우!"

열화신도는 불길에 휩싸인 칼을 종대로 긋고, 대청진인은 합장을 하던 손을 풀면서 대각선 방향으로 손을 내리쳤다.

콰콰콰! 파바박!

열풍을 동반한 칼바람이 사정없이 무성을 후려친다.

무성은 양손을 붕익신마기로 보호한 뒤, 우수를 길게 뻗어 공수입백인의 수법으로 열화신도의 칼날을 받아 내고, 좌측으로는 원앙퇴를 날렸다.

파각!

열화신도의 칼날이 수수깡처럼 부러져 위로 튀어 오르는 사이, 원앙퇴는 대청진인의 양팔을 부러뜨렸다.

"아아악!"

살과 근육이 뭉개지고 찢기며 뼈가 훤히 드러날 정도의 중상이다. 저대로 과연 손을 다시 쓸 수 있을까 싶은 우려는 걱정하지 않아도 되었다.

대청진인의 비명 소리를 듣기 싫다는 듯이 다시 한 번 장저가
날아들며 녀석의 턱주가리를 후려쳤으니.

퍽!

대청진인의 머리통이 부서진 수박처럼 으깨지고, 무성은 몸
을 팽이처럼 뱅그르르 돌면서 허공에다 손을 뻗었다.

때마침 부러져 튕겨 올랐던 열화신도의 반쪽 칼날이 거짓말
처럼 손아귀로 말려 들어왔다.

콰직!

무성은 손에 가볍게 힘을 주어 그것을 가볍게 부수어 수십
개의 칼조각으로 만들고,

퍼퍼펑!

그대로 터뜨려 버렸다.

단숨에 생겨난 수십 개의 뾰족한 암기들이 허공을 발기발기
찢었다. 열화신도의 화염축풍(火焰祝風)이 일그러지고 구멍이 숭
숭 뚫린다.

가장 가까이에 있던 열화신도는 어떻게 미처 대응할 새도 없
이 칼조각의 대다수를 두들겨 맞았다. 육신이 걸레처럼 너덜너
덜해져 버린 채로 쓰러진다.

나머지 파편이 향한 곳은 다른 낭아칠천이었다.

"마, 막아!"

"제길!"

자신의 실력에 자신이 있는 종대선생과 심월상인은 방어에 나섰다.

종대선생은 철추로 크게 원을 그리면서 방어막을 형성했다.

심월상인은 눈을 꼭 감은 채로 '합!' 하고 의기가성을 터뜨렸다. 그러자 발밑을 따라 기다란 파문이 그려지면서 기운이 반구 모양으로 단숨에 확장해 커다란 호신강기를 이뤘다.

따다당!

반면에 실력이 달린다 싶은 옥수도와 독시봉은 달랐다.

처음부터 널찍이 거리를 떨어뜨려 사정 반경에 없었던 독시봉과 다르게 옥수도는 각력에 힘을 실으면서 뒤로 크게 몸을 내뺐다. 도둑으로 살면서 경신술에는 자신이 있으니 파편이 엄습하기 전에 피한 것이다.

그는 입가에 흐릿한 비웃음마저 짓고 있었다.

'이대론 승산이 없겠어. 일단 여기를 달아나자. 창봉? 혼자서 많이 하라고 해! 나도 더 이상은 모르겠으니!'

옥수도는 이 참에 탈영까지 고려했다.

아무리 봐도 지금의 구도는 목종이 무성의 놀음에 농락당한 상황이다. 은섬창 등이 너무 허망하게 당한 것으로 봐서 낭아칠천으로도 녀석을 잡기란 요원해 보인다.

애초 낭인들에게 목숨보다 중요한 건 없다.

오 년 전에 목종에게 받은 은혜를 덜고자 이 자리에 참여했지만 개죽음까지 당할 필욘 없지 않은가. 다른 낭아칠천들을 상대하는 동안 몸을 숨긴다면 억지로 쫓아오지도 않으리라.

그래서 달아나려는데,

휙!

별안간 무성의 모습이 옥수도의 눈앞에 나타났다.

분명 방금 전까지만 해도 저렇게 널찍이 떨어져서 종대선생과 심월상인을 상대할 줄 알았건만! 하지만 무성은 유령처럼 단숨에 간격을 좁혀 버렸다.

"아, 아, 안 돼에에에에에!"

옥수도는 삼 년 전에 만독부에서 몰래 훔쳤던 십대 화기, 비폭산(飛瀑散)을 허겁지겁 꺼내 심지를 잡아당기려고 했다.

내장된 발연 기관이 작동하면 무시무시한 독을 잔뜩 머금은 수백 발의 바늘들이 쏟아져 적을 격살하는, 옥수도만의 비밀 병기였다.

하지만 무성은 비폭산이 작동하기도 전에 검결지를 그어 중간 허리통을 자르고, 왼손을 가볍게 저어 장풍을 날렸다.

그러자 아래로 우수수 떨어지던 바늘들이 역으로 불어 옥수도를 덮쳤다.

"컥!"

옥수도는 단숨에 고슴도치가 되었다가, 독에 잔뜩 물들어 단숨에 진물이 되어 무너졌다.

"놈!"

"감히!"

한편, 종대선생과 심월상인은 노호성을 터뜨리면서 몸을 반전해 무성의 후미를 노렸다.

감히 자신들을 지나쳐 다른 자를 상대한 것이니 자신들을 무시하는 처사가 아니고 또 무엇이겠나.

촤르륵! 퍼퍼펑!

강기를 실은 철추가 땅 위를 아슬아슬하게 스치면서 뱀처럼 매섭게 돌진한다. 심월상인은 장풍을 소낙비처럼 마구 퍼부었다.

하지만 녀석들의 공격은 길게 이어지지 못했다.

철추는 달리다 말고 갑자기 힘을 잃어 바닥에 처박히고, 심월상인이 기세 좋게 뿌렸던 장풍도 힘을 다해 무성에게 도착하기도 전에 허망하게 흩어졌다.

"어, 언제……?"

"어떻게……!"

종대선생과 심월상인은 마치 망부석이라도 된 것처럼 잔뜩 경직되어 있었다. 땀이 삐질삐질 흘러내린다. 두 눈에는 도무지 믿기지 않는다는 듯 경악으로 가득 찼다.

둘의 미간에는 소의 털처럼 아주 가느다란 바늘이 정확하게 꽂혀 있었다. 옥수도가 사용했던 비폭산 내의 바늘이다.

무성이 두 개를 회수해 녀석들에게 날려 버린 것이다.

단 한 개의 바늘에 불과했지만, 무성이 내공을 잔뜩 뿌려 날린 탓에 두개골이 뚫린 데다가 맹독이 골수를 침범해 버리고 말았다.

꾸르륵.

결국 두 사람은 게거품을 물면서 즉사했다.

무성은 이제 낭아칠천 중에 유일하게 남은 독시봉을 돌아봤다.

"뒈, 뒈져라아아아아앗!"

독시봉은 자신의 운명을 직감하기라도 한 듯, 지푸라기라도 잡는 심정으로 몸을 감싸고 도는 말벌들을 무성에게 날렸다.

독시봉이 특별히 남만에서 구한 벌들을 교배해서 만든 마충봉(魔蟲蜂)이란 녀석들로, 한 마리 한 마리의 크기가 웬만한 장수말벌보다도 더 크고 천적인 두꺼비도 거꾸러뜨릴 정도의 맹독을 잔뜩 품고 있다.

특히 수십만 단위로 떼를 지어 다니는 습성이 있기 때문에 이 무리 대단한 맹수도 피해야만 한다.

하지만 그깟 미물 따위가 무성을 감당할 수 있을 리 만무하다.

도리어 무성은 그것을 역으로 이용했다.

"멈춰라."

순간, 마충봉 떼가 거짓말처럼 멈췄다.

독사봉이 당황했다.

"왜, 왜 이래! 움직여! 움직이란 말이다!"

하지만 마충봉 떼는 독사봉의 말을 듣지도 않았다. 더 이상 당신의 말 따위는 듣지 않겠다는 듯.

길길이 날뛰면서 심령을 강화해 보기도 하고, 마충봉을 길들일 때 사용하는 피리를 불어 보기도 했지만 마충봉의 제어권은 이미 넘어간 뒤였다.

"물어."

마충봉 떼가 단숨에 독사봉을 덮친다.

"왜! 왜! 대체 어째서⋯⋯!"

자신의 귀여운 아이들이 배신을 했다는 사실을 죽기 직전까지도 믿지 못한다. 하지만 마충봉은 영 듣기 싫은 모양인지 코, 입, 귀 따위에 꾸역꾸역 들어가 독사봉의 내장 기관을 모두 잡아 뜯거나 씹어 삼켰다. 맹독이 단숨에 퍼져 버렸다.

결국 제 주인을 죽인 마충봉 떼는 그것으로도 모자랐는지 단숨에 흩어져 다음 먹잇감을 찾았다.

그렇지 않아도 지반이 무너져 혼란에 빠졌던 낭인들에게는 재앙이 닥친 셈이었다.

"아아아악!"

"이, 이게 뭐야?"

"저리 사라져! 으아아아아!"

낭인들은 저마다 칼을 휘둘러 보기도 하고 내공을 쏘아 마충봉을 쫓아내려 했지만, 그렇게 해 봤자 잡을 수 있는 건 불과 몇 마리에 지나지 않았다.

하지만 독시봉이 무성을 잡기 위해 끌고 왔던 마충봉의 숫자는 수십만 마리.

전체적으로 봤을 때는 그렇게 크게 티도 나지 않았다.

결국 낭인들은 저마다 내장이 모두 뜯기는 고통을 안거나, 독에 잔뜩 중독된 채로 고통스럽게 죽어갔다.

만수심령법(萬獸心靈法)!

무성은 영혼의 한 자리를 천마에게 내어 주면서 천마가 가진 무수히 많은 마공과 사법 중에서 일부를 공유할 수 있는 천운을 얻었다.

그중에는 동물을 다루는 사법도 있었다.

만수심령법은 단순히 벌레를 다루는 기술일 뿐인 독시봉의 적충요도(吊蟲妖道)보다 몇 단계는 상위를 차지하는 기예다.

게다가 염력을 다루면서 상단전이 발달한 무성에게는 아주 잘 맞았다. 당연히 독시봉의 운명도 결정된 것이나 마찬가지였다.

그뿐만이 아니었다.

"적을 척살하라!"

"놈들을 한 놈도 살려 두지 마라!"

와아아아!

갑자기 사방에서 하얀 도복을 입은 도사, 무당파 제자들이 나타난다.

그들뿐만이 아니다.

옆에는 간독도 섞여 있었고, 낭인들 틈바구니에 섞여 호시탐 탐 기회를 노리고 있던 귀병가의 병력들도 더러 섞여 있었다.

그들은 마충봉을 피해 달아나려는 사대낭막의 낭인들을 가 차 없이 베어 넘겼다.

이미 모든 승부는 정해져 있었다.

"하! 하하하하! 하하하하하······!"

목종은 제랑도를 축 늘어뜨린 채로 허탈하게 웃고 말았다.

모든 것이 무너지고 있었다.

언젠간 금의환향을 하겠다는 야망 하나만 가지고서 조정을 박차고 나와 야인들의 세계에 뛰어들어 이룩한 모든 것들이 무 너지고 있었다.

수족이나 다름없었던 낭아칠천은 몰살을 당해 버렸고, 낭천 막의 최대 전력이었던 사대낭막도 한낱 미물 따위에게 전멸을 면치 못한다.

더군다나 귀병가가 전국 곳곳에서 암약하면서 낭천막의 지휘 체계도 흐트려 놓지 않았던가.

멸문.

낭인들의 세계에서는 절대 찾아볼 수 없을 거라고 여겼던 상황이 벌어지고 있었다.

이 사건이 벌어진 후로 낭인들은 구심점을 잃고 다시 뿔뿔이 흩어져야만 하리라.

눈이 벌겋게 달아오른다.

무성을 잡아 무신련을 정복하겠노라고 다짐했던 일은, 도리어 낭천막의 붕괴라는 크나큰 재앙으로 되돌아왔다.

놈을 어떻게든 찢어 죽이지 않으면 분이 풀리지 않을 것 같았다. 하지만 무성은 녀석의 생각 따윈 아랑곳하지 않은 채로 차갑게 물었다.

"묻겠소."

"뭘? 뭘 말이냐!"

"본 련에 잠입한 세작, 누구요?"

목종이 입술 끝을 비튼다.

"모르고 있으면서 그렇게 잘난 척했던 건가?"

무성은 천천히 고개를 저었다.

"대충이나마 짐작은 하고 있소. 하지만 확인을 하고 싶을 뿐."

"내가 말해 줄 것 같으냐?"

무성은 목종을 응시하다가 가만히 눈을 감았다.

"역시 그렇군."

"뭐가 말이냐?"

"당신의 방금 전 그 대답으로 확신을 얻었소."

"……!"

목종의 얼굴이 울긋불긋해졌다. 녀석이 끝까지 자신을 농락하는 것이라 여겼다. 더 이상 참으면 낭왕으로서의 체면이 서질 않았다.

쉬쉬쉬쉭!

제랑칠화도(帝狼七禍刀)와 함께 칼날이 일곱 개로 분리되어 무성을 덮쳐 간다. 엄청난 돌풍을 동반하며 휘몰아쳐 가는 공세는, 신주삼십육성 중에서 당당히 상위권을 차지하는 자로서의 명성에 절대 부족하지 않았다.

하지만 그의 운명도 무성이 눈을 다시 뜨는 순간, 바로 결정되어 버렸다.

퍽!

목종은 자신에게 무슨 일이 벌어졌는지 전혀 짐작도 하지 못한 듯, 화를 잔뜩 드러내는 표정 그대로 머리통이 허공으로 튀어 올랐다.

第十章

천리비영

모든 소란이 그친 후.

낭천막에 남아 있던 낭인들은 목종을 비롯한 수뇌부의 전멸에 일제히 달아났다. 특히 무당파 제자들이 악착같이 그들을 뒤쫓으려 해서 군영에 뒀던 물건을 거둘 겨를도 없었다.

결국 균현은 다시 무당파의 수중에 돌아왔다.

그동안 낭인들로 인해 피해를 입었던 백성들은 전부 밖으로 나와 반갑게 무당파를 맞았다.

"감사합니다, 창붕."

백산 진인은 무성의 손을 꼭 잡으면서 감사의 뜻을 표했다.

주름이 진 눈가엔 눈물이 글썽거린다.

몇 번이고 은혜를 입었으니 이 마음을 어찌 말로 다 전할까.

하지만 도리어 감사한 것은 무성이었다.

"오히려 제가 드리고 싶은 말입니다. 이 일로 인해 앞으로 무당파가 받을 피해를 생각한다면……."

원래 무당파는 대대로 조정의 지원을 많이 받아 세를 이어왔다. 그러던 차에 반역 사건에 연루되게 되었으니, 앞으로의 위험이 더 크다.

백산 진인은 고개를 가로저었다.

"우리가 택한 길입니다. 그러니 창붕께서는 크게 걱정하지 않으셔도 됩니다. 다만, 우려되는 점은……."

백산 진인은 차마 말을 잇지 못하고 끝을 흐렸다.

"말씀해 주십시오."

백산 진인은 이내 뭔가를 다짐한 듯이 고개를 끄덕이면서 말했다.

"귀 련에 대한 일입니다."

무성은 담담하게 고개를 끄덕인다.

어렵게 말을 꺼냈던 백산 진인의 눈이 크게 떠졌다.

"알고 계셨습니까?"

많은 의문이 함축된 물음이다.

"아주 오래전부터, 아니, 어쩌면 탄생하기 전부터 숨어 있었을지도 모르는 본 련의 세작을 말하는 게 아니십니까?"

"으음…… 역시나 알고 계시었군요."

백산 진인은 굳은 얼굴로 고개를 끄덕였다.

"그자가 작금의 위기 상황을 만든 것이 틀림없습니다. 창붕께서는 어찌할 참이십니까?"

"저들이 우리에게 덫을 쳐 두었으니 이젠 역으로 이쪽에서 약을 쳐야겠지요."

"생각이라도 있으신 겁니까?"

무성은 차가운 얼굴로 고개를 끄덕였다.

백산 진인은 쓸쓸하게 웃었다. 이걸 두고 다행이라고 해야할까, 아니면 측은하게 여겨야 할까. 안타까운 현실이다.

특히 되도록 감정을 드러내지 않으려고 하지만, 무성의 눈가에 잡힌 눈물을 모를 리가 없다.

'아주 슬퍼하고 있구나.'

높은 자리에 오르면 오를수록, 권력을 쥐면 쥘수록, 하늘이되려 할수록 자신의 것을 지켜 내기 위해선 때론 과감한 결단도 필요한 법이다.

과거 무당파도 구대문피를 등지고 무신련을 택히지 않았던가.

그때의 고통을 잘 알기 때문에 백산 진인은 무성을 안타깝게 여겼다.

하지만 동정하지는 않았다.

지금의 무성에게 그런 감정은, 그를 더욱 아프게 만들 뿐이니.

그저 뒤로 물러나 지켜보는 것이 제일이었다.

"무량수불."

백산 진인은 가만히 중얼거렸다.

*　　*　　*

"기왕 전하를 뵙습니다."

무성은 기왕 앞에서 신하의 예를 갖췄다.

중마위군이 호위를 선 곳.

기왕은 손수 허리를 숙여 무성을 일으켜 세웠다.

"고개를 들라."

무성은 그제야 기왕과 시선을 나란히 했다.

몇 달 사이에 십 년은 넘게 늙어 버린 기왕의 얼굴이 보인다. 언제나 위풍당당하고 근엄함이 넘치던 모습이 왜 이렇게 축 가라앉았는가.

"그대가 아니었으면 오늘 이 자리에 과인이 없었을 것이다."

"과찬이십니다."

"아니. 그게 현실이다. 이제 과인에게 남은 건 벽해와 그대, 단둘밖에 없음이야."

"……."

"괜찮겠나?"

역시나 많은 의미가 함축된 질문이다.

"지금이라도 과인을 황룡각에다 내놓고 거래를 요청한다면 어느 정도 받아 줄 걸세. 기련산 하나쯤 내놓아 주질 못하겠나."

"전하!"

"전하! 그게 무슨 말씀이시옵니까! 통촉하여 주시옵소서!"

갑작스러운 말에 기왕을 따라왔던 신하들이 놀라서 소리친다. 몇몇은 아예 바닥에 주저앉아 울어 댔다.

하지만 기왕은 그쪽으로 눈길도 주지 않았다. 무성의 양어깨를 짚은 채 오로지 굳은 눈빛으로 뭔가를 말하려 한다.

필요하다면, 자신의 몸뚱이 따위 언제든지 내주겠다는 의지가 물씬 풍긴다. 거기에 대해서 원망 따위 하지 않겠다는 말도 전한다.

대신에. 자신을 저들에게 보내는 대신에. 단 한 사람만큼은 보호해 달라고 말한다.

'벽해만큼은. 그 아이만큼은 지켜 주시게.'

순간, 무성은 가슴 한편이 울컥했다.

'이것이 부모의 정인가……'

한평생 부모라고는 전혀 모르고 살았다. 하지만 무성은 그에 못지않은 사랑을 받지 않았던가. 누이와 한유원. 두 사람이 주었던 무한한 애정이 바로 이러할 것이다.

죽기 전까지도, 목숨을 내놓으면서까지도 지켜 주려던 애정. 그것을 보고 있노라니 눈물이 흐를 것만 같다.

한편으로는 다른 사람이 떠오른다.

"내가 누군지 알 것 같으냐?"

대영반 진성황이 툭 하고 던졌던 물음. 무성에게 혼명이 닿도록 꾸몄다던, 자신에게 피를 나눠 준 것이 분명한 그가 언뜻 떠올랐지만, 무성은 그를 머릿속에서 지워 버렸다.

그자가 자신에게 누구라 한들, 그게 무슨 상관인가.

그자가 누이와 한유원처럼, 지금 기왕이 주설현에게 주는 것처럼, 그런 애틋한 사랑을 줄 수 있는가?

도리어 자신의 생을 농락해 버린 작자다.

절대 용서 따윈 할 수 없다.

무성은 기왕의 손을 가만히 잡았다. 주름진 손길이 느껴진다.

감히 신하가 허락도 없이 주군의 손을 잡다니. 어찌 보면 무엄하다고도 할 수 있는 행동이다.

하지만 기왕은 살짝 놀란 눈이 되었지만 이내 가볍게 미소를 짓는다. 손길 너머로 전해지는 따스한 체온으로 무성의 속마음을 읽은 것이다.

"그런 말씀은 소신이 아닌 공주 마마를 뵙거든 직접 전하십시오. 소신은 못 들은 것으로 하겠습니다."

"고맙네."

무성은 가만히 웃었다.

＊　　　＊　　　＊

기왕을 보호한 일행은 기련산으로의 이동을 채근했다. 하지만 오랜 도피 생활로 기왕과 신하들의 건강이 많이 좋질 않아서 속도에 한계가 있었다.

결국 무성은 위불성을 따로 불러 지시했다.

"나와 간독은 먼저 기련산 쪽으로 가서 련과 합류를 하겠소. 위 군주께서는 귀병가를 붙여 줄 터이니 최대한 천천히 움직여 주시오."

위불성은 무겁게 고개를 끄덕였다. 무성이 계획과 달리 이렇게 빨리 움직이려는 이유를 짐작한다.

한편으로는 안타까웠다.

쉴 새 없이 움직여야만 하는 무성의 고단한 생활에.

그래서 위불성은 자신이 할 수 있는 최대의 모습을 보여 주었다.

"이곳은 저희에게 맡겨 주십시오."

"잘 부탁드리겠소."

무성은 간독과 시선을 나누더니 곧 허공으로 사라졌다.

파밧!

무성과 간독은 관도 위를 바쁘게 미끄러졌다. 둘 모두 속도
에는 크게 차이가 없다. 눈 깜짝할 사이에 달리고, 또 달린다.

"이제 어떡할 거냐? 일단 쓸 수 있는 패는 전부 다 쓰지 않
았나?"

"일단은 놔둬."

"뭐? 어쩌려고 그래?"

"괜히 분란을 키우면 의심증만 커질 테니까."

"그것도 그렇군."

의심암귀.

하나로 단합되어도 모자랄 판국에 말을 잘못 꺼내게 되면
무신련은 서로가 서로를 의심하게 된다. 그때는 자연스레 붕괴
로 이어진다.

"그리고 어느 정도는 손을 써 뒀어."

"어떻게?"

"……."

무성은 대답 없이 입을 꾹 다문다.

간독은 피식 실소를 흘렸다.

"아하! 숨어 내시려고?"

네놈을 딱 보면 모를 것 같냐는 투다.

그 후로도 무성은 한참 동안 입을 열지 않았다. 그저 속으로 누군가를 간절히 바란다.

'유화, 부탁해. 너에게 전부 달렸어.'

＊　　　＊　　　＊

"유화? 유화!"

유화는 자신을 흔들어 깨우는 소리에 저도 모르게 눈을 떴다.

'내가…… 잠에 들었었나?'

비몽사몽, 도무지 정신이 없다.

겨우 정신을 차리고 보니 방소소가 걱정 가득한 얼굴로 그녀를 깨우고 있었다.

"유화, 괜찮아?"

"언니…… 응. 나도 모르게 잠들었나 보네."

"눈이라도 붙이고 있지. 왜 이렇게……."

방소소는 유화의 주변에 널브러진 서신들을 보고 입을 꾹 다물었다.

"이거 전부……?"

"응. 어젯밤에 왔던 전서들이야. 밤새 확인하느라고. 조금만
더 보면 되니까 걱정 마."

방소소의 낯빛이 굳는다. 눈가에 그늘이 드리운다. 그제야
유화가 요 며칠 사이에 왜 계속 피곤해했는지를 알 것 같았다.

방효거사가 그렇게 눈을 감은 후, 방소소는 한동안 정신을
차리지 못했다. 바쁘게 돌아가는 재상부의 일을 어느 정도 참
여는 했지만, 제대로 된 진척을 보여 주진 못했다. 그만큼 정신
적 충격이 컸던 것이다.

그걸 옆에서 묵묵히 도와준 이가 바로 유화였다.

방소소는 유화가 군말 없이 하기에 이렇게 일이 많은 줄 몰
랐다. 그런데도 항상 웃고 있었으니 자신이 얼마나 안일했는
지를 알 것 같았다.

"언니는 들어가서 쉬고 계세요. 마지막 남은 거 마무리만 하
면 되니까요."

"아냐. 나도 도울게."

"언니……?"

"그동안 힘들다는 이유로 너무 너에게만 일을 맡겼던 것 같
아서. 이제부턴 나도 도울게."

방소소는 살짝 미소를 지으면서 유화가 잠결에 흐트린 서

찰들을 정리했다.

유화는 그런 방소소를 보다가 살짝 미소 지었다. 언제나 차갑고 도도하던 방소소가 원래의 모습을 되찾기를 간절히 바랐다.

그러다 방소소가 서찰을 정리하던 중에 뭔가를 또렷하게 보고 있다는 사실을 눈치챘다.

자세히 보니 귀병가에서 온 것이었다.

"언니, 그건……!"

"이게 대체 무슨 소리야? 련 내에 세작이라니……!"

방소소가 덜덜 떨면서 뭔가를 물으려는 그때였다. 갑자기 밖에서 무뚝뚝한 소리가 울렸다.

"쌍화, 저예요."

순간, 유화가 화들짝 놀라 허리를 쭈뼛 세운다. 얼굴엔 잔뜩 긴장한 기색이 역력하다. 홍운재 장로 중 홍일점, 천리비영의 목소리다.

방소소는 눈을 가느다랗게 좁혔다.

"설마?"

유화는 살짝 굳은 얼굴로 고개를 끄덕였다.

"일단 저와 무성, 아니, 련주는 저분을 의심하고 있어요."

"……!"

방소소는 요동치는 가슴을 주체할 수가 없었다.

천리비영이 세작이라니.

어떻게 그럴 수가 있지?

천리비영은 홍운재 장로 중에서 유화, 방소소와 유일하게 속을 탁 터놓고 교분을 나눌 수 있는 유일한 사람이었다.

련 내에서 몇 안 되는 여성이기도 했고, 단아한 품성과 고아한 말투는 두 사람이 믿고 의지하게끔 만들었다.

만약 기억 속에서 언제나 눈물로만 밤을 지새우다가 눈을 감으신 어머니가 돌아오신다면 이렇지 않을까 싶을 정도로 잘 배려해 주기도 했다.

특히 련의 조직 중에서 유일하게 겉으로 드러나지 않는 사영각의 수장인 까닭에 도움을 많이 받기도 했다.

사영각의 정보망은 전국으로 뻗혀 있는바.

당연히 각지에서 그들이 가져다주는 정보들을 토대로 재상부에서 일괄로 정리 및 처리를 해야 한다.

하물며 오늘날같이 하루하루를 겨우겨우 버텨 내는 무신련에게는 아주 중요한 곳이었다. 그들이 실수로 잘못된 정보를 가져다주기만 하더라도 기련산으로 향하는 삼군은 관군을 맞이해야만 할 테니까.

그래서 그녀가 세작이라는 사실은, 도무지 믿기지가 않았다.

'하지만…… 냉정하게 생각해 본다면 그녀만큼 세작에 어울리는 사람도 없어.'

천리비영을 가진 권한을 반대로 말해 본다면, 이야기는 전혀 달라진다.

아주 오랫동안 무신 백율의 눈과 귀를 가릴 수 있는 존재가 있다면, 과연 그 자리에 어울리는 사람은 누구일 것인가?

어째서 삼십 년 넘게 야별성의 일거수일투족을 파악할 정도로 대단한 정보망을 가졌던 사영각이, 정작 삼공자 이유명이 야별성의 최종 병력들을 이끌고 련 내에 침투를 했던 것을 읽지 못했던가?

무신련과 야별성, 바로 뒤편에서 이 둘을 조종하며 서서히 공멸로 몰아넣던 동창의 그림자를 어째서 파악하지 못했는가?

못했다 하더라도 어째서 그 비슷한 흐름마저 좇지 않았는가?

만약 읽지 못했던 게 아니고 읽지 않았던 것이라면. 파악하지 못한 게 아니라 파악하지 않았던 것이라면.

읽고 파악했지만 자기 선에서 모두 정리를 한 채 아무에게도 전하지 않았던 것이라면……!

덜덜덜.

방소소의 손발이 눈에 띄게 떨리기 시작한다.

여태껏 세작인지도 모르고 속마음을 털어놓고 마음을 주었다는 사실에, 웃는 낯을 하면서 뒤로는 칼을 숨기고 있었다는 두려움에, 아버지를 죽음으로 몰아넣은 원수라는 분노와 원한에, 그런 짓을 저지르고도 여전히 태연하게 자신들 앞에 나타난다는 가증스러움에.

겨우겨우 진정시켜 놨던 울분이 치솟는다. 당장이라도 천리비영에게 달려가 따지고 싶었다.

당신은 대체 무엇이냐고!

하지만,

"웃어야 해요, 언니."

유화는 방소소의 떨리는 손 위에 자신의 손을 가만히 포갰다.

따스한 체온에 떨림이 눈에 띄게 줄어든다.

유화는 단단히 굳은 눈동자로 방소소를 응시했다.

"이것은 어디까지나 심증일 뿐. 아직 정확한 물증이 나온 것은 아니에요. 그리고 만약 천리비영님이 세작이라 할지라도 이대로 바로 잡는 건 하책(下策)이에요."

순간, 치솟던 울분이 거짓말처럼 가라앉는다.

방소소의 눈빛이 차갑게 빛났다.

방효거사의 눈이다. 악기를 잡았을 때, 장사에 몰입했을 때, 업무를 보기 시작했을 때에나 가지는 눈이다.

"무슨 생각이라도 있어?"

"련주와 나눈 이야기가 있어요. 세작이 그녀, 혼자만은 아닐

테죠. 그녀와 동조하고 있는 세력들을 일소(一掃)하는 것과 동시에……"

유화가 차갑게 말했다.

"황룡각의 한 축, 동창도 날려 버릴 생각이에요."

＊　　　＊　　　＊

천리비영은 품에 한가득 서류를 안고 들어왔다.

막사 안에는 유화와 방소소, 재상부가 자랑하는 두 개의 꽃이 서 있었다.

"오늘 사영각 앞으로 보고된 보고서예요."

천리비영이 여느 때와 마찬가지로 보고서를 건네기 위해 다가가려는데, 오늘따라 뭔가 공기가 미묘하게 다르다.

"왜 그러세요?"

유화는 제대로 자질 못했던지 안색이 살짝 창백했다. 옆에서 도와주고 있는 방소소 역시 정신이 없는지 천리비영 쪽으로 시선을 제대로 주지 못했다.

기분 탓일까.

천리비영은 아주 잠깐 그런 생각을 가졌다가 그럴 법도 하다는 생각이 들었다.

창붕군, 사자군, 현무군으로 편재된 삼군이 각기 흩어진 후로 재상부가 소속된 현무군은 이동 속도가 그중에서 가장 느리다.

련주 직속으로서 최정예들만 뭉친 창붕군이나, 전선을 수없이 드나든 역전 용사들만이 뭉친 사자군과 다르게 현무군은 전력상으로 따졌을 때 비교적 열세에 놓일 수밖에 없다.

덕분에 조금이라도 길이 어긋나 버리면 호시탐탐 기회를 노리는 관군의 아가리에 잡아먹힐 수 있었다.

더군다나 련주가 없는 지금, 재상부야말로 중앙 지휘라 할 수 있는바.

이곳의 타격은 곧 무신련의 완전한 멸망으로 이어지니 촉각을 곤두세울 수밖에 없으리라.

그런 압박감을 받는 건 천리비영도 마찬가지였다.

하루에도 각지에서 쏟아지는 수십 수백 통의 전서구 중에서 필요한 정보만을 가려낸다는 것은 그만큼이나 힘이 드는 일이다.

하물며 황룡각의 등장으로 전국 요처에 심어 뒀던 정보망이 대부분 치명타를 입은 지금에야 더더욱 심각하다.

천리비영은 이들을 더 이상 방해하면 안 되겠다는 생각에 정리한 보고서를 내려놓고 물러서려 했다.

그때 유화가 갑자기 그녀를 잡았다.

"사영각주, 부탁이 한 가지 있어요."

'부탁?'

평소에는 그냥 재상부의 소관으로 지시를 내리더니 갑자기 부탁이라니?

뭔가 의아했지만, 내색하지 않았다.

"말씀하십시오."

유화는 잔뜩 피곤한 기색이 역력한 얼굴로 말했다.

"외부로 향해 있는 사영각의 정보망을 전부 안쪽으로 돌릴 수 있을까요?"

"……!"

"……?"

전혀 이야기가 되어 있지 않았는지 방소소가 놀란 눈으로 유화를 돌아본다.

하지만 정작 놀란 쪽은 천리비영이었다.

"이유를 여쭈어도 되겠습니까?"

"현재 황룡각을 주시하는 사영각의 정보망이 어느 때보다 중요하다는 것은 알고 있어요. 하지만 황룡각, 정확하게는 동창의 움직임이 너무 은밀하고 범위가 크기 때문에 지금의 사영각으로서는 그들을 좇는 데 한계가 있어요. 이는 결국 인력 낭비밖에는 되지 않을 거예요."

"……그렇습니다만."

어찌 보면 힐난으로 보일 수도 있지만, 어디까지나 냉정한 평가다.

한편으로는 이 아이가 이렇게나 성장했나 싶다.

처음에는 그저 무성과 방효거사를 따라 뭣도 모르고 따라온 일개 기생에 불과했건만. 하지만 능숙하게 금(琴)을 타던 솜씨는 이제 능히 세상도 탈 수 있게 된 모양이다.

"그렇다면 차라리 내부 감시를 철저히 하고 싶어요."

천리비영은 번뜩 뜨이는 게 있었다.

"내부 세작을 의심하시는 겁니까?"

"예. 그래요."

유화는 단호하게 고개를 끄덕였다.

"저는 황룡각의 끄나풀이 련에도 심어져 있을 거라고 생각해요. 그들이 있는 한 련의 미래는 정해진 것이나 다름없을 테니까요."

"어렵군요."

"예. 어려워요. 하지만 어렵기 때문에 더욱 바짝 조심해야겠죠. 게다가 세작이 황룡각만 있는 게 아닐 테니 더더욱 조심해야 할 거고요."

"이를테면……?"

"아직 야별성의 잔당이 남아 있을지도 모르는 일이고, 쌍존맹의 잔여 세력, 막 흥기하기 시작한 의천맹 등도 떼어 놓을 수 없는 사안이에요."

"알겠습니다. 그럼 감시를 하는 쪽으로 방향을 돌리겠습니다. 하면 외부의 눈은 어찌할 참이십니까?"

"귀병가에서 도와주기로 했어요."

천리비영은 그제야 안도에 찬 한숨을 내쉬었다.

"그렇다면 우려하지 않아도 되겠군요. 알겠습니다. 그렇게 지시를 내리도록 하겠습니다."

천리비영은 꾸벅 고개를 숙이더니 자리를 떴다.

휙!

온전히 남은 두 사람은 시선을 교환하더니 살짝 고개를 끄덕였다.

유화가 소리쳤다.

"독사!"

"예. 아가씨."

슬그머니 뒤쪽 입구로 독사가 나타난다. 의형인 간독을 따라 귀병가의 간부가 된 그는, 현재 재상부와 귀병가를 잇는 비선 담당을 맡고 있었다.

독사는 살짝 미소를 짓더니 허공으로 고개를 들었다.

슥! 스슥!

곧 허공에 뭔가가 움직인다 싶더니 막사가 살짝 바람에 흔들린다.

독사는 곧 포권을 취하며 고개를 숙였다.

"아무도 없습니다."

"그럼 이걸 전달해 주세요."

유화는 소매에서 서신을 꺼내 내밀었다.

독사의 눈동자가 살짝 빛을 발한다. 그것을 공손하게 받아 들이는 손길이 조심스럽다.

"자칫 위험에 처할지도 모르는 일이에요."

독사는 콧방귀를 끼며 주먹으로 가슴을 두들겼다.

"이 독사, 위험한 일이라면 신물이 나다 못 해 지겹기까지 합니다. 아무리 위험해 봤자 얼마나 위험하겠습니까? 그리고 떡두꺼비 같은 자식과 여우 같은 마누라도 있는 마당에 먼저 갈 수야 없지요."

유화는 무거운 얼굴로 고개를 끄덕였다.

"그럼 부탁드릴게요."

"예. 맡겨만 주십쇼."

독사는 씩 웃더니 자리를 떴다.

"으으음……."

"왜 그래요, 언니?"

"아니. 지금까지 벌어진 일들. 전부 네가 한 게 맞나 싶어서."

방소소는 쓴웃음을 지었다.

원래 이렇게 어려운 일들은 자신이 도맡아서 했었건만. 환경이 사람을 만든다더니 정말 유화는 많이 달라졌다.

"련주도 그렇게 열심히 하고 있는데, 저라도 할 수 있는 일을 찾아서 해야겠다는 생각밖에 없어요."

"정말 많이 좋아하는구나."

쓴웃음이 짙은 웃음으로 변한다.

방소소는 사랑에 빠진 동생을 가만히 지켜봤다.

유화는 고개를 끄덕였다.

"예. 아주 많이요."

양손을 가만히 포개어 가슴 앞으로 당긴다. 마치 기도를 하듯이 조심스레 눈을 감는 그녀의 모습은 신녀처럼 경건하기까지 하다.

자신도 언젠간 저런 사랑을 할 수 있을까, 방소소는 그런 생각을 하다가 조심스럽게 물었다.

"그런데 아무리 역정보를 흘리는 게 목적이라고 해도 정보를 전부 저쪽으로 흘려도 되는 걸까?"

"괜찮아요."

유화는 확신했다.

"저들은 절대 덫을 피하지 못할 테니까."

*　　　*　　　*

짙은 어둠이 깔린 곳.

"아무래도 의심을 받고 있는 것 같습니다만."

"사실 따지자면 조금 늦은 셈이니까. 그래도 그새 여기까지 냄새를 맡고 덫으로 몰아넣기 위해 역정보를 미끼로 내놓을 줄이야."

"그렇다고 해도 잘못된 정보는 아닐 겁니다."

"그래. 진짜겠지. 여태 보아 온 련주의 행보라면 정면으로 부딪치기를 바라지, 절대 수작을 부리지는 않을 테니까."

"그래도 홀로 야별성을 무너뜨리고 낭천막까지 궤멸시킨 녀석입니다. 조심하는 것이 좋습니다."

"녀석에 대해서는 내가 가장 잘 알고 있으니까 걱정하지 않아도 돼. 이미 몸을 사리고 있으니까. 그보다 귀병가 쪽 비선은? 얼마 전에 본 각 몰래 재상부와 연결이 되었던 걸 확인했다 하지 않았나?"

"독사라는 자로, 간독의 오른팔이고 합니다. 그가 움직이기 시작했습니다."

"잡아. 무슨 일이 있더라도. 그자가 이번 련주가 짠 계획의 주요 열쇠일 테니."

"존명!"

* * *

독사는 조심스럽게 현무군의 군영을 벗어났다. 외곽에는 의제인 식귀가 기다리고 있었다.

"오셨수?"

"다른 눈들은?"

"없었수다."

독사는 고개를 끄덕이더니 품속에서 서찰을 꺼내 식귀에게 건넸다.

"어디로 가져다줘야 하는지는 알고 있지?"

"어디 이런 일 한두 번이오? 심부름이라면 지긋지긋하게 했었는데."

"이번 서찰에 련의 명운(命運)이 걸려 있어."

"나는 그런 명운 따윈 모르오. 다만, 큰형님이 하라고 하시니 따르는 것일 뿐."

식귀는 가슴을 당당하게 폈다. 간독을 따르기 시작한 것은 그에게 있어 둘도 없는 행운이었다.

독사도 같은 생각이었기 때문에 피식 웃으면서 고개를 끄덕였다.

"그럼……."

"행운을 비오."

두 사람은 서로 다른 방향으로 몸을 돌려 뛰기 시작했다. 한 사람은 북서, 다른 한 사람은 남동 쪽으로.

　　　　　　＊　　　　＊　　　＊

"귀병가의 연락책이 움직이기 시작했습니다!"

"드디어 가는가? 이쪽의 흔적은 들키지 않았겠지?"

"예."

"좋다. 우리도 움직인다."

짙은 어둠 속에서 다섯 개의 그림자가 일어선다.

사영각이 자랑하는 팔둔팔영 중 한 명인 백영(魄影)은 앞장 서는 수하를 따라 자신도 달리기 시작했다. 입가엔 비릿한 미 소가 걸린다.

'멍청한 놈들. 제 꼬리가 밟히고 있는 줄도 모르고. 네놈들 이 우리에 대해서 눈치챈 것을 우리가 모르고 있는 줄 알았더 냐? 우리 역시 정보 조직인데도?'

백영은 자신들에게 싸움을 거는 현 재상부의 태도에 코웃음 만 나왔다.

제갈문경이나 방효거사가 재상부를 역임했을 때에는 전혀 이렇지 않았다. 언제 자신들의 그림자가 읽힐지 모르기 때문에 최대한 조심히 움직여야만 했다.

하지만 지금 재상부야 고작 이십 대를 겨우 넘은 어린 아가 씨들이 수장이지 않은가.

천하를 경영한다는 무신련의 재상부가 도대체 언제부터 어린아이의 소꿉장난이 되어 버린 것인지.

여태 방효거사를 도와 능력을 하나둘씩 보여 줬다지만, 보조로 나서는 것과 아닌 것의 차이는 아주 크지 않던가.

그래서 백영은 이참에 보여 줄 생각이었다.

녀석들이 파 놓은 함정이, 도리어 그들을 잡아먹게 되는 끔찍한 결과를.

'그러기 위해서는 녀석들의 꿍꿍이속을 먼저 알아야겠지.'

이미 식귀라는 녀석에게는 혼영(魂影)이 붙었다. 노림수 따위는 금방 파악할 수 있으리라.

쉭!

백영은 허공 속으로 녹아들었다.

독사는 거의 매일매일을 노숙으로 지내면서 오로지 달리기만 했다.

그 뒤를 묵묵히 따르는 백영은 짜증이 났다.

'대체 어디로 가는 거지?'

독사가 향하는 곳은 도저히 가늠이 되질 않는다.

이동로를 두고 의도를 파악하는 것도 가능하지만, 이 길목에는 절대 재상부가 접촉할 만한 큰 단체나 조직이 없다. 귀병가의 안가(安家)라도 있나 싶었지만, 또 그런 것도 아닌 듯하다.

그러던 중 쉼 없이 달리기만 하던 독사가 멈춘다.

백영은 손을 높이 들어 이동 정지 명령을 내렸다. 수하들은 사방으로 흩어지면서 흔적을 모두 지웠다. 백영도 은신술을 극성으로 끌어 올려 몸을 최대한 낮췄다.

독사는 행여 누군가 없나 주변을 두리번거리다가 슬쩍 위쪽으로 고개를 들었다.

'흠……!'

과연 녀석이 의도를 한 것일까. 아주 잠깐이지만 눈이 마주쳤다. 비록 다시 옆으로 시선을 돌리긴 하지만, 뭔가 알 수 없는 오한이 등골을 따라 흘러내렸다.

'그럴 리가. 내가 착각을 한 것일 테지.'

백영은 쓰게 웃으면서 고개를 절제절레 흔들었다.

독사는 무공이라고는 귀병가에서 아주 기본적인 것밖에 배우지 않은 자다. 그마저도 서른이 넘어서 익힌 것이니 성취라고 해 봤자 별것 없다.

반면에 자신은 평생 사영각에 몸을 담고 살아왔다. 그런데 위치가 읽혔다고? 절대 있을 수 없는 일이다.

독사는 방향을 틀더니 어디론가 숲 속 깊숙한 곳으로 들어섰다.

그러자 자그마한 초가집이 드러났다.

'이런 곳에?'

분명 이 근방에 마을이나 사람이 산 흔적 따윈 없다는 보고를 들었건만! 백영은 화들짝 놀라 수하들에게 전음을 보냈다.

『이게 어떻게 된 일이냐?』

『저희도 이곳은 잘……!』

『죄, 죄송합니다! 미처 파악하지 못했습니다!』

『일을 어떻게 하는 것이야! 당장 이곳에 대해서 알아 와!』

『존명!』

쉭!

수하 중 한 명이 다급하게 허공으로 사라진다.

백영은 수하들에게 으름장을 놓았지만, 정작 자신도 살짝 긴장됐다.

'그래도 역시나 귀병가란 것인가? 무시할 수가 없어.'

황궁에는 동창, 무림에는 사영각이란 말이 있다. 그만큼 두 정보 조직은 오랫동안 강호의 음지에서 제왕으로 군림할 만큼 대단한 명성을 자랑했다.

그러던 것이 갑자기 귀병가가 치고 올라오면서 그들의 명성에 찬물을 끼얹었다.

백영은 언제나 그런 귀병가가 못마땅했다.

감히 근본도 없던 자객들 따위가 뭉친 조직이 대단하면 얼마나 대단하단 말인가. 무신련을 위협하려다가 도리어 잡아먹힐 뻔했던 작자들이, 무신의 아량으로 겨우 살아나더니 주제도 모르고 날뛰는 꼴이 아닌가.

하지만 그러면서도 한편으로는 이들을 인정할 수밖에 없었다.

사영각에서도 미리 파악하지 못한 안가라니.

백영은 경계 단계를 한 단계 위로 끌어 올리면서 천천히 독사의 뒤를 따랐다.

독사가 천천히 안가에 다가가 이상한 뻐꾸기 소리를 두어 번 냈다.

뻐꾹! 뻐어꾹!

그러다가 갑자기 허공에다 대고 알 수 없는 말을 해 댄다.

"낙양의 해는 서쪽으로 진다."

'암어다.'

백영과 수하들의 눈이 요요히 빛났다.

아니나 다를까.

곧 초가집 문이 열리면서 누군가가 걸어 나왔다. 그런데 조금 이상하다. 보통 무인들과는 다르게 절도 있는 걸음걸이와 딱딱한 어투. 정갈한 옷차림.

"꼬리는 없었소?"

독사는 가만히 고개를 끄덕인다.

"안으로 들어오시오."

독사가 들어가자, 무인은 주변을 둘러보더니 검지를 입에다

물며 휘파람을 불었다.

휘이익!

그러고는 자신도 따라서 들어가며 문을 닫는다.

『백영!』

『안다. 일단 지켜보자.』

'여긴…… 귀병가의 안가 따위가 아니야.'

접선이다. 역시나 녀석들은 뭔가를 꾸미고 있었다.

하지만 대체 여기가 어딜까?

'귀병가가 접촉할 만한 곳이 어디지? 무신련 외에 없을 텐데?'

이미 강호에서는 암암리에 무신련의 멸망이 거의 공식화가되어 버린 상태다. 당연히 쇠락해 가는 끈을 택했다가 조정의눈치를 살 만한 곳은 없을 터.

아무래도 조사를 위해 나선 수하가 돌아오고 나서야 어느정도 밑그림이 잡힐 것 같았다.

때마침 수하가 돌아왔다.

탁!

『배, 백영! 빨리 이곳을 떠나야 합니다!』

『왜 그러나?』

『이곳은……!』

수하의 말이 끝나기도 전에, 갑자기 묵직한 감촉이 백영의 어깨를 짓눌렀다.

콰쾅!

은신술이 깨져 버린다. 백영은 패대기쳐지는 고통과 함께 나무에서 땅바닥까지 단숨에 추락했다. 어떻게 저항할 새도 없이 벌어진 일이었다.

"컥!"

경추 아래로 모든 뼈가 조각조각 박살 나는 고통에 피를 토한다. 기형적으로 고개를 꺾은 곳에는 무심한 눈결을 가진 홍모귀가 그의 몸뚱이 위에 올라타 있었다.

"재주도 좋군. 감히 우리를 감시하다니."

어눌한 발음.

'나락인수! 그렇다면……!'

녀석들의 정체를 깨달은 백영의 눈이 커졌다.

'동창! 귀병가가 어째서 이 환관 놈들을……!'

동창은 귀병가와 척을 지지 않았던가!

하지만 백영의 생각은 길게 이어지지 못했다.

홍모귀의 큼지막한 손바닥이 얼굴을 덮쳐 오면서 시야를 까맣게 물들였다.

퍽!

*   *   *

"나머지 눈은 모두 처리하였습니다."

"죽였나요?"

"따로 명령이 없으시어 일단 마혈만 짚어 뒀습니다."

"수고했어요. 이만 쉬도록 하세요, 홍홍홍!"

주군의 흡족해하는 카랑카랑한 웃음소리가 들리자, 동창 위사는 고개만 살짝 숙이며 물러섰다.

초가집의 주인은 기름기로 번들거리는 얼굴을 손수건으로 살짝 닦으면서 고개를 옆으로 돌렸다.

"들었다시피 녀석들은 아직 숨이 붙어 있어요. 감히 별것 아닌 일로 이 태감을 부른 것이라면 그대는 물론 그대와 관련된 구족 전체에게 반역죄를 묻겠어요. 잘 알아들었나요?"

탁하면서도 여성처럼 새된 목소리. 유리를 손톱으로 긁는 듯한 끔찍한 음성이지만, 독사는 눈 하나 깜빡하지 않았다.

죽음의 칼날이 목 언저리를 자꾸만 두리번거린다지만 어디 의형과 동료들이 겪은 일들에 비할까.

독사는 굳은 마음으로 공손히 서찰을 내밀었다.

모든 동창들의 제왕, 제독태감 자항은 서찰을 넙죽 받지 않았다. 서찰 안에 독 가루가 섞여 있을지 모르는 일인 데다가, 그가 직접 비대한 몸을 이끌고 이곳으로 행차하기로 마음을 먹은 데에 대한 확인이 필요했다.

"그보다 한 가지 묻겠어요."

"말씀하십시오."

독사는 여전히 서찰을 공손히 바치는 자세를 풀지 않고 대답했다.

"내게 이리 연통을 보낸 이유가 무엇인가요?"

"말씀드렸듯, 살길을 도모하고자 함입니다."

자항이 비릿한 냉소를 던진다.

"이 태감에게 의탁을 해서 말인가요?"

쿵!

분위기가 무겁게 내리깔린다. 그만큼 자항이 던진 의미는 아주 크다. 무신련을 당신에게 바치겠다. 개가 되라면 될 것이니 목숨만은 살려 달라.

"련은 이미 가망이 없는 상태고 시시각각 군이 목줄을 움켜오는 상황입니다. 이미 련 내에서도 의견이 분분한 나머지 이탈자가 속출하고 있습니다. 그러니 이제 남은 방도라고는, 태감의 은덕에 기대어 살길을 도모하는 것밖에는 없습니다."

자항은 코웃음을 치며 주먹으로 턱을 괬다.

"하지만 황상의 뜻은 그네들의 목에 있어요."

"하오나 황상께서도 무림을 완전히 멸절을 시키지 못하리라 알고 계시는 줄 아옵니다. 그렇다면 구대 문파와 같이 민심을 등에 업고 있어 제어하기 어려운 이들보다야, 목줄을 채워 두고 언제든지 처리할 수 있는 저희들이 좋지 않겠사옵니까? 그리고 무엇보다……."

독사는 숙였던 고개를 살짝 들었다. 눈동자가 요요하게 빛난다.

"대영반에 의중이 있는 구대 문파보다야 저희를 손에 넣으심이 태감께도 편하시지 않으시겠습니까?"

이내 자항이 빙그레 웃으며 웃음을 터뜨린다.

"홍홍홍홍! 의천맹이 대영반과 손을 잡고 있으니, 이 태감은 그대들을 이용해 저들과 부딪쳐라?"

독사는 다시 말없이 고개를 숙였다. 무언의 긍정이다.

"홍홍홍홍홍홍!"

자항은 안가가 떠나가라 웃음을 터뜨렸다. 사실 이것은 그에게도 흉중의 가시처럼 남아 있던 찝찝함이었다.

황제의 명령에 따라 황룡각에 가담해 무신련을 잡았고 거의 멸망 직전까지 내몰았다. 하지만 이후가 문제였다.

권력의 구도.

뼛속 깊이 무인인 대영반 진성황은 의천맹의 이학산과 긴밀한 공감대를 형성하고 있다. 이것은 조정과 강호, 양쪽 모두에서 진성황의 입김이 세진다는 것을 의미하니 결국 그의 정적인 자항의 입지가 줄어들 수밖에 없다.

권력이 세상의 전부인 환관에게 권력을 잃는다는 것은 목숨을 잃는 것과 같은 의미.

당연히 자항은 이미 멸망한 것과 다름없는 무신련보다야 앞으로 승승장구할 진성황이 더 신경 쓰일 수밖에 없다.

하지만 무신련이 완전히 없어지지 않는다면.

팔다리를 잘라 내고 목숨만 겨우 붙여 놓은 상태로 의천맹과 대립을 시킬 수만 있다면.

충분히 진성황을 견제할 패가 될 수 있다.

물론 그 전에 무신련의 멸망을 간절히 바라는 황제의 의중을 식힐 필요가 있다.

"하면 그 전에 황상의 뜻은 어찌 살 것인가요?"

"기왕과 벽해공주의 목을 바치겠습니다."

"련주는? 그자야말로 모든 반란의 총수가 아닌가요?"

"련주의 뜻입니다."

"흥흥흥흥. 마음에 드는군요."

자항은 더욱 흡족한 미소를 폈다.

만약 독사가 련주를 배신해 목을 바치겠다고 했으면, 즉시 독사의 목을 벤 뒤 뒤도 돌아보지 않고 자리를 박차고 나갔을 것이다.

무신련과 귀병가가 얼마나 자신들의 주인에 대한 충성심이 대단한지를 잘 알기 때문에, 련주를 배신한다는 말은 곧 심복에 다른 꿍꿍이가 있다는 뜻이기 때문이었다.

하지만 무성이 직접 뜻을 전달하는 것이라 하지 않는가. 받아들이지 않을 이유가 없다.

무엇보다 기실 생각해 보면 무성이 그에게 피해를 입힌 적은 단 한 번도 없다.

도리어 대영반 산하의 금의위를 박살 내고, 눈엣가시였던 목종 일파를 모두 쳐냈다. 동창에는 아직 이렇다 할 피해를 준 적이 없었다.

그런데 기왕의 목을 알아서 바치겠다면 충분히 검토해 볼 가치가 있다.

독사는 거기다 아예 쐐기를 박아 넣었다.

"그리고 련주께서는 기련산을 접수하는 대로 가장 먼저 태 감께 영생주의 비밀도 전해 드리겠노라 약속하셨습니다."

"영생주……!"

자항의 두 눈이 욕망으로 번뜩인다. 불노불사(不老不死)야 말로 모든 권력자들이 가지는 욕망이 아니던가. 저 위대한 진 시황과 한무제조차도 가지지 못한 것을 얻기 위해 시작한 일 이니만큼, 그것을 황제보다도 먼저 손에 넣는다면 이보다 더한 축복이 어디 있으랴. 황제에게 진상하는 것은 그 후에 해도 늦 지 않는다.

독사는 자항이 아예 넘어왔다고 판단, 다시 한 번 손에 든 서찰을 공손히 바쳤다.

자항은 전혀 어울리지 않는 근엄한 태도를 하며 포동포동

한 살집이 가득한 손으로 서찰을 집었다.

하지만 내용을 읽는 순간, 권력과 불노불사의 욕망으로 번들거리던 얼굴이 흉신악살처럼 잔뜩 일그러지고 말았다. 입가에서 노호성이 터져 나왔다.

"이게…… 사실인가……!"

"그렇습니다."

자항은 태사의에서 벌떡 일어나 턱을 부르르 떨었다. 서찰을 쥔 손에 잔뜩 힘이 들어갔다.

"감히! 감히! 진성황, 네놈 따위가 나를 능멸해?"

독사가 바친 서찰. 그곳에는 한 줄기 문구가 적혀 있었다. 하지만 단단히 구겨진 나머지 내용을 알아보기가 힘들었다.

〈다음 권에 계속〉

사도연 신무협 장편소설

ORIENTAL FANTASY STORY & ADVENTURE

용을 삼킨 검

네이버 N스토어 에서 미리 만나보세요.

dream
books
드림북스